눈 내리는 체육관

민음의 시 ● 300

눈 내리는 체육관

조혜은 시집

민음사

자서(自序)

나는 항상 인생을 망치는 꿈을 꿨어요.

아름답지 않아서,
더 이상 아름다운 것에게 사랑을 구할 수 없을 때는
구걸하는 기분으로

누구도 온전히 사랑할 수 없다는 걸 알았을 때는
그 더러운 기분으로

내가 가진 환멸을 검열해야만
안심할 수 있는 나를 보았다.

2022년 9월
조혜은

차 례

3부 **죄**

4부 **몸**

1부

꿈

위안

엄마가 별처럼 총총한 눈으로 내 발목을 잡았다 엄마의 눈에는 새로 산 구두의 머리를 길 위에 부딪쳐 만드는 도도하거나 경쾌한 소리를 배경으로 한껏 가슴을 내밀고 삶을 채색하던 때의 소란한 기쁨이 가득했다 내가 아직 아기였을 때 식탁 모서리에 찍혀 눈 위에 또 다른 하나의 눈이 생겼을 때 눈 쌓인 거리에서 시간이 멈춘 듯 당신을 바라보았을 때 엄마는 무언가의 바탕이 되거나 그것을 바탕으로 엄마가 되었잖아요 엄마가 울었다 엄마는 이제 헌 잇몸을 닮아 피맺힌 말들을 흘렸다 맨발에 구두 차림으로 집을 나오면, 내일 자고 일어나면 다 나아질 거다 허물어진 발등과 몸을 섞고 오늘의 꿈은 없었을 테니까 벽면에는 내일의 주름이 가득했다 엄마, 엄마는 내게 항상 새로운 사람이었어요 *내게 많은 미래가 남았을 때 네가 내 미래를 좀먹었단다* 정신을 차린 엄마가 내 발목을 잡았을 때 아기가 울었다 잃어버릴 건가요 우리가 함께했던 그 길고 고통스러운 흉터 같은 시간들을 그 한결같은 사랑의 문법들이 떨어진 낙엽처럼 알록달록 썩어 가며 악취를 풍겼다

레드

—손

당신을 뜯어내면 아플 것 같으니까요

2.4.6
죄책감이란, 인정하지 않는 병처럼 머물렀고
가려움을 긁어내자
찢어진 손등 가득 피와 멍과 진물이 넘쳐흘렀다

가슴
모든 게 일그러져
피가 나게 머리를 짓이겨도
가슴과 가슴이 맞닿지 않으면
울음은 그치지 않아

손은 그러라고 있는 거야

12월 12일의 기록
잠을 잘 못 잠
젖이 안 돌아 분유 자주 먹임
똥 치우다 두 번 크게 토하게 해서

몹시 미안함

질투
당신의 모든 것을 내가 가질 순 없을까요?

고백
나는 지내고 있다
고작 이 문장이 마음이 될 수 있다는 것을 믿지 않아요

마사지
잠자는 너의 얼굴을 가만 꺼내어 보았다
오빠가 읽었던 책을 책장에서 꺼내어 읽고, 기울어진
책의 목록을 오래도록 묻어 두었다
언니의 말을 다정스레 쓸어 보았다
너의 기억에 기대어 고개를 흔들었다

당신에 대한 고백을 접었다
아이에게 색종이로 고래를 접어 주던 날
예쁘게 늙어 가야지. 미운 마음을 접어 말리고

더러워진 손으로 악수하지 말아야지
평범한 말 위에 엎드려 조금은 무참히 서러웠던 적이

한 적이 있다

네 연인의 얼굴을 그려 보며
자상하게 웃고 여전히 부지런하게 자리를 지키는 손으
로 다소곳이 입술을 가려야지

한 적이 있다

무의미한 손 망가진 손 커다란 손 매일같이 얼굴에 상
처를 내고 입으로 들어가 상처를 받는 무의미한 손 망가
진 손 커다란 손
마주치는 모든 손들은 체온을 가지고 있습니다

차갑습니다
비스듬한 얼굴 위로 남겨 두지 않은 마음이 성큼 넘쳐
흘렀다

> 하지만 우리는
  여전히 차갑습니다

  레드
  수유를 끊고 가슴이 작아졌다
  엄마 나가지 말아요
  죄책감이 붉은 눈을 만들었다

  나는 지내고 있니?
  나를 지나고 있다

봄밤

봄은 집행관이었다
이곳에 고양이 먹이를 주지 마시오
이곳을 두고 고양이들은 모두 목숨을 끊었다

추방을 거듭해 이뤄진 안락의 매듭
고통 없이, 별일 없이 지나온 소름 끼치는 삶
배관을 뜯는 고양이도 없고
그 어떤 사고도 없는 삶
그 어떤 손해도 기록되지 않는 삶의 기행

너는 모르겠지만 이제부터 네가 어떻게 되는지 두고 보라고!
당신은 당신이 지불한 아파트의 현관에는 없는 인간성으로 말했고
나는 발가벗겨진 채로, 눈앞에서 거꾸로 매달린 아이의 죽음을 바라보는 엄마처럼
무력한 분노로 피부가 붉어졌지만
변함없는 비밀은 관계는 변하지 않는다는 것이었다

나는 빌린 집에서 우리의 아이에게 내 몫의 젖을 물렸고
그 고양이들은 어디로 갔을까

축축하고 측은한 마음
누군가 지옥을 걷고 있을 때
나는 더한 지옥을 걷고 있는 거라는
생각이 차라리 우리를 사람이게 했다

봄을 앞두고 고양이들은 모두 목숨을 끊었다

44

언젠가

나는 언니에게 44 사이즈의 옷들이 여러 벌 담긴 커다란 상자를 받았다. *이건 옆자리 선생님이 줬어.* 한 번도 본 적 없는 그녀가 나의 꿈속에서 환하게 웃고 있었다. *첫째 낳고 살 빠지기를 기다렸는데, 둘째 낳고 이제 포기했어요.* 그녀는 하얗고 통통한 손을 입 옆에 갖다 대고 언니 쪽으로 부드럽게 허리를 숙여 우아하게 소곤거렸다. 아이를 낳고, 나는 그전에 누구보다 날씬했다는 사람들의 옷을 받는다. 내가 갖지 못한 그들의 부유한 삶을 원피스에 담아 든다. *남편은 대기업의 법률 대리인이야. 집에서 일하는 아줌마가 모두 다려 넣었대.* 뒤집어 본 옷의 안감 속에는 그녀들의 소곤거림이 묻어 있었다. *아이를 낳기 전엔 더 날씬했다고.*

꿈속에서 나는 매장의 조명 아래에 섰다. *손님, 너무 잘 어울리세요.* 나는 비어 있는 옷걸이에 진심을 걸어 감탄했다. *여기에서 입어 본 뒤, 포장도 뜯지 않고 두는 옷이 더 많아요.* 옷을 입고 잠시 머무르다 영영 상자 속으로 사라지는 단골손님의 다정함은 틈틈이 쌓인 먼지처럼 견고

했다. 결연한 하녀의 찬사 안에서만 팔려 나가던 신상품의 외로움이 켜켜이 쌓여 있던 백화점에서. 산호야. 너무 말라서 아이를 갖지 못하던 둘째 언니의 얼굴은 그 이름처럼 분명하게 불리었고.

　하루는
　작은 여자아이가 기억에 없는 말투를 들고 매장을 찾아왔다. 단골손님이 주는 돈으로 사 먹곤 하던 국화빵은 매끈하고 파란 트럭에서 나왔다. 바스락거리는 종이봉투를 하얗게 내밀던, 청각장애인 부부의 고요한 세계가 들어 있었다. 손으로 기막힌 말을 지어내던 작은 여자아이가 가지고 놀던 보랏빛 하루. 그녀들의 외로움이 상자째 쏟아져 내리던 날. 나는 너무나 편안한 나의 삶이 괴로워 흐느꼈던 건 아니었다.

　꿈속에서 나는 44 사이즈의 옷을 받았다. 누군가에게 잊히거나 버려지거나 이제는 의미 없어진, 맞지 않는, 하지만 돌이켜보면 안타까운 옷들을 입는다. 나는 지우고도 내가 남아, 남의 옷을 입는 사람. 44 사이즈의 나는 변

함이 없기를. 마음을 다해 사랑할 수 없는 사람과 마음을
다해 꿈꾸는 이별처럼. 나의 삶은 옷을 갈아입었고, 나의
옷은 슬픔을 마다했다.

202, 순조

1

물 빠지고 떨어지고 늘어진 속옷 위에 적힌
무심하고 검은 말 한마디.

텅 빈 장례식장의 신발장에 올려진,
한 켤레의 신발보다 조용한 죽음.

잘 먹었다.
더는 소화되지 않는 죽음을 변기에 몰래 버리고서
할머니는 남은 삶을 챙겨 요양병원 침대에 몸을 올렸다.

아직 살아 있는 할머니를 보려고
볼 수 없는 전염병의 눈을 속여 달려간 날.
텅 빈 할머니의 방, 남은 옷장 속에는
한 번도 입지 않은 속옷이 부러운 눈을 들어 가득 숨겨
져 있었다.

무참하다.
짓밟히는 시간.

네가 나를 밀치면 나는 새벽까지 우리를 밀쳤고.

그런 밤이면 살아서는 한 번도 꺼내지지 않았던 할머니의 하이얀 버선 같은 것들이 떠올랐다.

할머니의 죽음조차 네가 나를 밀치는 이유가 되어 보태지던 밤이면,

나는 할머니가 매일같이 입던 낡은 속옷.

너덜너덜해진 나의 어딘가에 얼기설기 커다란 바늘을 꽂아 검은 실 자국을 남기던 할머니의 투박한 손 같은 것들이 나를 단단히 매듭지었고.

새벽이 올 때까지 노동은 끝나지 않았다.

길가에 떨어뜨린 손에서 가끔 피가 흘렀는데.

바닥에 단단히 말라붙은 할머니는 검게 변한 나를 쓸어내리며.

네 발톱이 꼭 나와 같구나. 네가 가진 손끝이 나와 같구나.

어린 남편의 새살림을 보아주며.

구겨지지 말고 잘 사시오.

깨끗이 바른 벽지를 만졌을 어린 할머니의 단단한 두
손을 잡았다.

평생 돌보았던 아들의 마르고 병든 손에 들려, 기억에
도 없는 남편의 봉분에 합장되던 날.

할머니는 죽는 날에도 텅 빈 마음까지 빈손을 들어 조
롱당했다고.

내 엄마는 원래 영세민이었다.

그렇게 말하는 비뚤어진 아빠의 마음을 나는 재단할
수 없어서.

죽어서 화장하는 돈까지 치르고 떠난 할머니를 책망할
수 없어서.

무참히 짓밟히고 나면 그래도

살아야겠다는 허영이

생각처럼 들어서.

피를 씻었다. 아이의 사탕 바구니에 얼굴을 묻고.

펑펑 깨물었다.

2

새벽의 옷 한 조각.

202, 순조.

할머니의 마지막은 검은 비닐봉지 속에 아무렇게나 담겨져 있었다.

누군가 할머니를 잊을까 봐 할머니의 이름을 팬티에 적어 놓았나 봐요.

할머니는 우리를 기억하지 못했고.

우리는 그 짧은 순간에도 지워지는 걸 견디지 못했다.

내가 너에게서 달아난다면.

내캉 같이 살자.

그렇게 말하는 할머니와 살아 있지 못해서.

죽은 할머니의 이름을 퉁퉁 불렸다.

무참히 짓밟힌 순조가 손과 발에 맞잡힌 허리를 끊어내고 서둘렀다.

나는 귀신처럼 다정스레 어린 할머니의 이름을 불러 보았다.

> 갓 태어난 순조. 여섯 살의 순조. 남들보다 발랄했을까. 머리를 묶었을까. 누군가를 돌보았겠지. 다리를 번쩍번쩍 들고 보란듯이 학교에도 가고 싶었겠지. 이런 순순한 죽음을 생각한 날이 있었을까.

내가 사랑한다고 해도 아무런 일도 일어나지 않았어요.

1년이나 2년 만에 우리는 늙어 버리기도 했고.

입을 맞추자 서로의 몸속에 지옥으로 녹아내렸다.

사랑하게 될 누군가를 위해 몸을 던지는 게 생이라면 생은 참 참담하구나.

이곳에 없는 할머니를 대신해 우글우글 자리잡은 갈색의 벌레들을 보며.

할머니, 할머니의 아들은 부자예요.

아이는 꿈같은 분홍색 레이스를 허리 아래에 두른 채

하얀 타이츠를 신고 빨간 가을 낙엽을 푹신하게 밟고 서 있었고.

달콤한 아이스크림을 들고 그대로
검은 패딩을 입은 사내의 핸드폰 안으로 빨려 들어갔지.

눈이 부시게 아름다웠다.

그 꿈이 우리를 망친다는 걸 알지 못한 채.

낙엽이 비처럼 내리는 곳에서 아이들이 해의 살점을 밟
으며 뛰어다니고 있었다.

난 엄마랑 결혼할 거야. 한 아이가 말했고.
엄마는 하늘나라 가면 누구랑 결혼할 거야? 나? 한 아
이가 기대했다.
물린 자리에 구름이 흘렀다.

분홍색 빛바랜 킥보드가 서 있었고 무게를 버린 비눗
방울이 날았다.

할머니가 떠나 버린 곳에서 슬퍼할 공간을 찾지 못했다.

이곳엔 이제 할머니가 없어.
백년 같은 어제가 지나고.

아무렇지 않은 얼굴로 아픈 사람도 있고.
인간이 인간을 잊을 수 없다는 게.
신발장에 남은 신발보다 조용한 죽음이
지난여름의 일이라는 게.

3
아무런 무게도 냄새도 없이.

우리의 세상이 지나가고 있었다.

실명

실수로 아름다운 문장을 쓰게 된 것처럼
실수로 빛을 잃게 된 사람이 있었습니다

실망하지 마
너는 이름을 잃었을 뿐이야. 목숨을 잃었을 뿐이야
그렇게 시력을 잃었을 뿐이야

세상의 일부가 어두워질 때,
네 세상의 모두가 다리를 잃고
네 시선이 머문 내 얼굴에 검은 점이 생기고
개구리알을 닮은 무력한 절망이 모여, 남겨진 삶 위에
서 꿈틀대고
눈처럼 아름답게 녹아 사라지는 게 아니라
눈물이 남긴 얼룩처럼 기어코 살아 눈을 떠야 했을 때

앞이 보이지 않아
이대로 볼 수 없는 채 죽으면, 죽어서도 볼 수 없을까
보이지 않을까
살아 있다고 해도 내게 모두 거짓을 말할까

안대를 씌운 사람 취급을 당할까

나는 이름을 잃은 걸까, 빛을 잃은 걸까
진짜 나를 얻은 걸까

너라는 평범한 글자 하나로 울 수 있을까

나는 상처 입지 않아
상처 입지 않아

누구보다 정확한 음계로 계단을 내려가던 너를 기억한다
너는 시력을 잃은 나의 첫 번째 벗이었고
나의 벗이 애달파하던 첫사랑이었고
내가 잃어버린 기억 속에서 시력을 잃은 첫 사람이었다

빛이었다
내가 잃은 처음이자 마지막 빛이었다

눈 내리는 체육관

── 사라진 유치원

유치원이 사라진 자리에는
지하로 내려앉은 체육관뿐이었다.

── 창문이 있어.
너와 나는 마법에 걸렸다.
창밖으로 뜨거운 눈이 내리고 있었다.
── 알고 있어.
나는 예고된 카운터를 날릴 때에도 머뭇거리던 사람.
── 알고 있어?
글러브를 단단히 조이며 네가 말했다.
── 이것도 연습이야.
그녀의 비극적인 삶이 우스꽝스러운 자세로 떨어져 내
렸다.
── 무기력도 연습이지.
창밖으로 눈이 내리고 있었다.
흔들린 자세 위로 또다시.

아이들이 보이지 않자 울음도 없어졌다.
지운 걸까 사라진 걸까.

지웠다면 무엇을,
사라졌다면 어떻게.

여전히
왼쪽과 오른쪽을 혼동하며.
눈이 내리고 있었다.

내가 고장난 장난감을 고치는 동안.
저리 가서 다른 거 하고 있어!
작은 새처럼 기다리던 아이의 영혼이.
내가 무심코 쫓아 버린 침묵이.
무게를 잊은 채 일렁이던 체육관에서.
나는 어퍼컷을 말하며 여전히 잘못된 훅을 날리는 사람.
  입이 하는 일들은 왜 모두 입술이 하는 일과 같이 느껴
질까.
  나는 고장난 장난감처럼 팔을 뻗어 존재하지 않는 공중
의 새들을 그러모아 다시 안았다.
  '훅'이라는 말은 마음을 모두 끌어당겨 발음되는 자세
같아서.

너는 새가 되어 날아갔다.
눈이 내리고 있었다.

불현듯 가슴이 뜨거워졌다.
여기서 무엇이 방어 자세인지 알아챌 수 있겠니?
유치원의 흔적이 남은 체육관에서.
실은 눈부신 햇살 같은 것은 들 필요가 없는,
내가 더듬더듬 말 대신 체력을 키워 가는 체육관에서.

실은 아름다운 문장을 기다리는 동안.
사각의 링 속에서는 무너지듯.

*

너의 오른쪽과 나의 왼쪽이
손과 발을 잃고 무너지는 무력한 세계에서.

'스파링'이라는 말은 심장에 내리는 눈 같아서,
나는 두렵고 설레고 부끄러웠다.

아주 느리게 너의 글러브가 내 머리 위로 내려앉았다.

공격도 방어도 없는 내 삶은, 너에게 어떤 타격감을 주었을까.

눈이 내리고 있었지.

꿈속에서는.

눈썹이 사라졌다.

그녀는 눈썹이 사라지는 꿈을 꾸었다.

먼저 기억되고 나중에 사라지는 삶이라면.

우리는 내리고 없었다.

폭력은 저주처럼 우리를 압도했으므로.

나에게는 수치스러운 자세가 있어요.

우리는 마법에 걸렸고

눈은 내리고 있었다.

살아 있어서 처음으로,

나는 너에게서 공격과 방어의 자세를 배웠다.

놀이와 공작을 배운다던 유치원에서 아이들은 문자와

셈을 배웠고
　나는 유치원이 사라져서 행복했다.

　자세한 표정을 가질수록
　삶의 비참을 숨길 수 없었다.

작은어머니

작은어머니, 순녀(順女)예요. 엄마의 작은어머니는 나의 결혼처럼 가까운 곳에 살고 있었다. 그 웃는 얼굴을 외가 식구 누구의 결혼식에서 보았고, 우는 얼굴을 외할머니의 장례식에서 보았다. 아이고, 형님. 염을 하는 자리에서 엄마가 많이 울지 않는다고 역정을 내던 쪼그라진 얼굴이 누군가 꽉 쥐었다 펼쳐 놓은 슬픔 같아서. 딸이 많이 울어야 좋은 곳에 가는데. 그야말로 애간장이란 것이 끊어지는 소리를 내며 통곡하던 울음이 진심인 것 같아서. 그 우는 얼굴이, 죽은 자와 산 자의 관계가, 인간을 저렇게도 묶어 내는 결혼이라는 제도가 소름 끼쳐서. 세월이 맺은 고통과 슬픔의 연대가 서늘했다.

평생 바깥으로 돌다가 죽을 때가 되어서야 외할머니를 찾아온 외할아버지의 고독한 죽음과 달리 외할머니의 장례식에서는 누구든 큰소리로 다투었다. 네가 무슨 돈이 있냐고. 내가 외할머니에게 약속한 돈인데 네가 무슨 상관이냐고. 삼촌과 언니가 다투었고. 이 과일은 밖에 두어도 된다고. 냉장고에 넣어야 한다고. 서로의 위치를 탓하며 숙모와 내가 다투었다. 그 와중에도 친손녀와 외손녀를 나누었고. 장지에 가서 끝끝내 치미는 화를 이기지 못한 언니가 팔짱을 낀 모습은, 자신의 양팔로 하여금 부단히 자신을 위로하도록 애쓰고 있는 듯 보였고, 장례식 내내 자리에 앉을 새 없이 부림당했지만 외손녀라 발인 날까지 뒷전으로 밀린 나는, 외할머니 임종 전에 들른 백화점에서 물방물무늬 원피스에 한눈을 팔았던 것을 이번 일로 퉁쳤다 여기며 살아 있는 죽음과 화해했다.

순자네는 아들이 아파 누워 있는 돈으로 42평 아파트로 이사를 했대. 어린 딸이랑 둘이서 그 돈으로 가구를 죄다 바꾸고. 사람들이 욕혀. 이사하기 전엔 백만 원씩 사글세 살았댜. 딸이 벌었잖아. 내가 순녀 너한테 전화한다는 게 순이한테 한 거여. 그러니까 순이가 당숙모 나여, 하더라고.

엄마의 작은어머니가 엄마와 도란도란 이야기를 나누는 동안 나는 염치도 없이 돌 지난 나의 아기와 세상 물정 잊고 잠이 들었다. 깨어 보니 잠깐 사이 그럴듯한 상이 차려져 있었다.

나가 많이 아팠잖아. 70대 노인한테 우울증이 찾아오더

라. 아픈데 병원 찾아 돌고 돌아 3개월 남았다고 해서 약 먹기로 했는데, 죽는다 했는데 살았다.

엄마는 내가 모르는 엄마의 어린 얼굴로 엄마의 작은어머니 이야기에 추임새를 넣어 가며, 꼭 쥐었다 풀려난 얼굴로 이야기를 듣고 있었다.

집에 왔는데 나가 혼자서 밥을 못 차려 먹으니 나는 죽어 가는데, 저 양반도 혼자 밥을 못 차려 먹으니 자기만 살겠다고 나가서 사 먹고 들어오더라.

엄마의 작은어머니는 순애 엄마 죽었다고 문을 두드리는 이웃 할머니들의 손에서 죽을 얻어 먹으며 다시 살아났다.

저 양반이 먼저 죽어야 할 텐데. 그날 본 할아버지는 멀끔했고 말이 없었다. 점잖음과 잔혹함이 공존하는 얼굴은 금방 잊었다. 사위가 술을 많이 마셔. 애 다 봐줬는데. 애 봐주면 늙어. 엄마의 작은어머니 장례식에서, 딸은 얼마나 슬프게 울까.

어느덧 저녁 여섯 시가 되었다. 산 사람의 얼굴에 천을 씌우고 총으로 쏴 죽인다는 어느 섬나라 사람들의 이야기를 보며, 엄마의 작은어머니는 껄껄 웃었다. 신선초 케일 먹는 것을 보여 주는 「6시 내고향」의 초록빛 화면에 경악하던 얼굴을 걸고. 저걸 저렇게 먹네. 돼지 같은 놈들. 나는 언젠가 저 섬나라에 나의 아기와 그 동생을 데리고 물놀이를 갈 테지만 돌봐야 할 죽음이 있어 아직은 죽지 않을 테고. 엄마의 작은어머니는 키워 줬다는 손녀의 옷이 주렁주렁 걸린 빈방에서 아직도 소식 없는 죽음을 한 번씩 걸쳐 보며 그렇게 웃고 있을 테지.

눈 내리는 체육관

— 독감

꿈속에서 나는 꿈을 잊었어. 꿈에서 깨었어도 꿈을 찾아 헤매는 중이었지.

어디에서 왔을까. 가장 처음 간판을 켠 사람의 처연한 얼굴빛이 아이의 얼굴을 적셨다. 서러움에 울먹이던 얼굴. 고열이 훑고 간 얼굴. 오랜 절망에 침윤당한. 서글프고 서럽고 화창한 얼굴. 사실 그건 일요일을 지나오며 생긴 월요일의 몸살. 나는 돌아온다.

육아는 미리 몸을 다 써서, 더는 마음을 채울 수 없는 일.

그날 아이의 유치원에서 나는 아이 셋을 낳고 우울증으로 목숨을 끊은 누구의 이야기를 들었다. 아이를 두고 어떻게 그럴 수 있느냐고 누구는 말했다. 혹시 당신은 그런 걸 생각할 수조차 없이 가혹하게 몰아치는 당연한 희생에 대해 생각해 본 적이 있나요. 존재하는 너덜너덜한 죽음의 살아 있음에 대해. 당신은 내게 화가 났느냐고 물었다. 아이를 낳고 디스크에 걸린 누구는 드디어 피부가 괴사해 수술을 받았다고. 누구도 그 누구를 원망하지 않았음을. 당신은 바랐지만. 제발 누구라도 원망해 봐요. 나의 소망은 입을 잃었다.

﹀ 그날 나는 아무렇지 않았어요. 유리에 갇힌 것처럼 지나가는 사람들만 하염없이 바라보았고. 가지도 못하고 멈추지도 못한 채 뭘 해야 할지 찾아 두리번거렸지만. 이상했다. 유리 안에 있는 아이는 보호받는 중일까, 우리라는 밖으로부터 격리된 것일까. 우리를 따돌리려는 소망인 걸까. 나는 웃었고 여느 때처럼 일을 마치고 갑자기 18층으로 올라가 뛰어내렸어요. 나는 그런 누구의 이야기를 엿들었어요. 이제 아무도 그 당연함을 생각하지 않은 채로, 누구의 가장 가까운 사람부터 한 명씩 동정을 나누기 시작하겠군요. 매 순간 내가 벌인 장례식에서, 나는 허기진 입을 벌렸다. 먹고 싶은 게 아니라 단 한 번이라도 가지고 싶었던 여유라는 상징을 향해. 나는 아무것도 할 수 없는 입을 찢었다. 입을 잊은 분노로 가득 찬 세계.

나는 아무 말도 하고 싶지 않은 세계로 되돌아온다.

글러브를 끼면 시를 쓸 수 있을 것 같았다.

나의 소망은, 약해짐으로써 강해지는 것.

사람들은 *자기보다 약한 것들을 가두어 두고 보길 좋아한다고.*

> 나는 한없이 약해져야 했고 그래서 강해져야 했다.

기억할 수 없는 것들은 더는 기록할 수 없는 소망이었다.

면제

식탁에서 나는 시를 읽고
소리 내고 싶은 입을 다물고
마주 앉은 아이는 굳게 닫은 입으로 밥을 먹고
이 달의 끝에는 무엇이 있을까
우리는 손끝으로 달을 지웠다

고개를 돌리면 당신이 가엾고
고개를 들면 내가 산산조각 나 있었다

나는 기억에 남는 글이라고는
한 조각도 남기지 않을 거예요

질투가 나서 가만 버티고 서 보았다

장난감을 만지작거리던 손으로
너무 아픈 우리를 잘라야 하는 날이 오지는 않을까

사람을 잘라야 하는 날에는
전염병이 창궐한 세계의 어딘가에서

그곳도 역시 내 곳일 수 없는
누군가의 공간에서

우리의 삶이 공평하게 머리를 숙이고 굴러갈 때
무너지는 우리를 견디는 것으로 면제를 받았다

모래놀이

누구도 나를 구할 수 없었으므로
누구도 도울 수 없었다

누구도 끝까지 자신을 구할 수 없었으므로
누구의 도움도 구할 수 없었다
모두 다 털어 내도

수북이 쌓였다

연민은 동쪽에서 뜨고 서쪽으로 진다고
나무는 한 발짝도 움직이지 않았다는데
진심이라는데

그늘은 점점 우리를 뒤덮었다
다만 알고 있었다

저렇게 얇은 팔로도 안을 수 있고
무언가를 들 수 있다니

> 기분이 안 좋아
  얇은 팔에 진심을 가득 담아 아이가 말했다

  내가 미끄럼틀 타려고 모래를 다 치웠는데 오빠가 또
미끄럼틀에 몰래 올렸어

  초록으로 물든 공원 앞을 지날 때
  당신과 나 사이를 가로막고 있던 횡단보도로 내리던
  여린 모래처럼, 몰래

  이뤄질 수 없는 사람을 꿈꿨다

  배우고 배우면
  어울리지 않는 옷에 나를 끼워 맞춰 보는 일처럼
  쥐어짠 것처럼

  뒤틀린 몸으로도
  사랑은 아름다운 걸까

슬픔이 들었다 놓은 것처럼 깨어져 있었고

진심으로와
사랑하다의 간격이 너무나 멀었다

2부

벌

신혼 일기

11일

양육권 소송 중인 신랑이 저를 지난 2월 일로 상해 고소한 사건으로, 둘 사이 자녀가 있고 보름 뒤 출산이라 저는 신랑을 쌍방 폭행으로 고소할 마음이 없습니다. 합의 내용처럼 이혼소송을 취하하면 당장 면접교섭 중인 첫아이를 못 보게 될 수 있어, 차라리 재판받고자 합니다.

12일

짐을 찾으러 갔다.

전날 내가 있던 지역에서는 이혼소송 중이었던 교사 부부 사이에 살인 사건이 벌어졌다. 남편인 체육 교사가 짐을 찾으러 온 아내인 역사 교사의 배를 칼로 찔렀다고 했다. 내가 짐을 찾으러 갔을 때, 그는 똥 마려운 강아지처럼 방을 빙글빙글 돌았다. 나는 똥 마려운 강아지가 되어본 적이 없었다. 그래서 그의 감정을 진심으로 헤아릴 수 없었다. 나는 커다란 파란 봉지에 버려야 할 것들을 담았다. 아끼던 모든 것들이 망상이 되어 문밖으로 내몰렸다. 여태껏 아무것도 하지 않았던 그는 내가 내놓은 파란 봉지들을 버릴지 팔지 결정하기도 전에 모두 분리수거해 버렸다. 그럼 그렇지. 그래서 너랑은 못 살지.

13일
기억나지 않는다.

내 앞에 선 사람이 말했다. *제일 처음 라이터를 샀어.
백만 원짜리야.* 나는 배 속에 있는 아이의 수술비를 생각
했다. 내 앞에 선 사람이 팔을 펴 손목에 있는 시계를 보
여 주었다. 어떤 모양인지 얼마짜리인지 기억나지 않는다.
아이의 물혹은 어떤 모양일까. 수술비는 얼마일까. 내 생
각을 뚫고 그가 들어왔다. *재판이 끝나면 스페인에 갈 거
야.* 멋진 척을 하며 내 앞에 서 있는 사람을 칭찬해 주었
다. 우리는 얼마짜리일까. 어쩌면 그는 한 푼짜리 우월감
을 바란 게 아니었을까.

14일
죽음이 있을 때마다 우리는 다투었다.

도대체 왜 우리가 서로에 대해 모든 걸 알아야 하지.

이 집의 모든 것이 살아 있을 때

와중과 마중은 닮았다고.

나는 소용돌이치는 가운데를 뚫고 나를 데리러 가는 중이었다.

15일
나는 왜 쉽게 마음이 풀려야 하지.
뜯어진 앞섶을 열고
바느질을 시작했어.
꼭꼭.
아무리 당겨도 풀 수 없는 마음 앞에 너는
나를 수수께끼처럼 만들었고.

16일
고장난 사물이 하나 있다.

서로가 되는 사람들은 사실 친하지 않다는 것을 알게 된다.

우리는 다시 남보다 못한 부부가 되거나
남이 된다.

> 10일

괴물 같아질 똑같은 얼굴로, 태어난 아이와 태어날 아이 모두를 폭력 속으로 밀어 넣었지.

동물원

— 독감

사람들은 아름다운 것들을 가둬 두고 보길 좋아했다 내게는 불필요해 감추고 자르는 털로 온통 뒤덮인 것들 사이에서 만질 수 없는 눈을 찾거나 잘 차려입은 인간성을 찾는 일 인간만이 즐기는 비인간성을 목도하는 일 지나치게 인간적이라거나 비인간적이라고 인간답지 못한 서로를 고문하고 시간이 남으면 또 인간 아닌 것들의 인간다움을 후려쳐서 그 아름다움에 값을 매겼다 사람들은 버림받은 것들을 가둬 두고 보러 가길 좋아했다 사람들은 오늘도 죽어 나갔다 나는 항상 분노에 차 있었고 누군가는 태어나고 버려졌다 그날의 관람은 금지되었다 그는 너와 다르지 않은데 어떤 문장은 살아남고 어떤 문장은 완전히 잊혔다 너와 나의 관계와 다르지 않은데 아이는 나의 가슴 위에 코를 박고 입을 벌려 크게 베어 물려 했다 향긋한 것을 물 듯 내 옷에서는 경쾌한 빵 봉지 소리가 들릴 것만 같았다 이런 동물원의 운영은 개선되어야 한다고 봅니다 나는 청원했다 원숭이가 하나면 monkey고 둘이면 animal이야 다른 나라의 언어를 배워 온 아이가 말했고 내가 우리가 되면 이름을 잃는 거구나 나는 영원히 구원받지 못했다

집안일

너는 빨래가 하루 만에 마를 것처럼 말한다
우리의 관계가 하루 만에 회복되기라도 할 것처럼
마른다는 것은 수분을 잃는다는 것
잃는다는 것은 돌이킬 수 없다는 것
할머니는 마른손으로 덜 마른 빨래를 따뜻한 방 자리
위에 펼쳐 놓았었다
그런 마음으로는 너의 빨래를 말릴 수 없다는 것
식었다는 것?
밥통 속 밥은 아무리 같은 온도로 아낌없이 보온해도
시간의 군내를 속일 수 없는데
갓 지어낸 감정도 없는, 다른 체온의 우리가
다시 향긋해지기라도 할 것처럼

네 손이 닿으면 네가 만진 다른 여자의 몸이 떠올랐다
추위가 싫어. 빨래를 돌리다 지쳐 누운 겨울의 밤. 무엇
도 지우지 못하고 잠든 얼굴로, 옆에 누운 아이의 깨끗이
마른 얼굴을 본다
사랑하는 나의 아가
내 몸을 관통해 나온

너는 자괴감을 느낀다고 했다. 수치심이 아니라
단어의 퍼즐에는 그늘이 있다

마른 바람을 내뿜는 청소기만 돌리면 모르던 날들의
깨끗한 바닥이 될 것처럼
너는 손을 내민다
찢어지고 또 찢어진 손마디를 붙여 가며 허리를 숙여
정성껏 닦아 낸 바닥처럼은 너를 만질 수 없다는 것

다정한 말은 거짓 같았다
거짓말은 살랑살랑 세탁기 속으로 들어가 몸을 흔들고
너는 담배꽁초나 동전 몇 개를 주머니에 넣은 채 세탁
기에 옷을 넣는다
네가 가진 주머니를 뒤지고 싶지 않은 마음
뒤집어 빨린 너의 옷을 그대로 널었다
나는 상처 입지 않는데
비가 오는 날의 빨래처럼 방에 숨어 문밖의 불안을 듣
지 않고
악취와 다투거나 뜨거운 날씨에 쫓기듯 말라 가지 않는데

더러워진 주머니에 손을 넣어 마른 먼지의 체온을 만지
게끔 하는 사람은 어떤 사람일까

　관계라는 것은 습관적으로
　마른 것과 젖어 있는 것 사이의 고백
　시간이 지나고 우리 사이가 잘 마른다면
　며칠에 걸쳐 안온한 햇빛 속에서

　어느 건조한 방에 빨래를 널었다

징벌

── 장난감 놀이

그날의 도둑은 뱀이었대.
엄만데?
도둑인데?
악마였대.

공격!

아이들은 머리를 맞대고
트리케라톱스의 뿔로 뱀을 죽였다.
응. 아기 뱀인데? 엄마 뱀이 슬퍼해.

사방에 피가 낭자했다.

아이가 떠나자 엄마가 떠났고
도둑은 영영 잡히지 않았다.

제빵의 달인
— 장난감 놀이

아이에게 장난감을 사 주었다.
띵동!
종이 울리면 틀에 넣은 찰흙이 부풀어오르는.
찰흙으로 예쁜 무늬의 빵을 만드는.

띵동!
손잡이를 천천히 당기면
은근한 불빛이 기다림을 재촉하는.

아이에게 장난감을 선물하고는
집이 더러워질까 봐 장난감을 숨겼다.
띵동!
아이들은 작은 발로 부지런히 다니며
작은 손으로 색색의 찰흙을 꺼내어
하나로 똘똘 뭉쳐 동굴 속에 숨겨 놓았다.

아이들은 새것을 찾아 숨겼고.
다른 곳을 찾아 숨었다.
로봇을 사 달라고 조르고, 블록으로 만든 영화관에서

장난감의 눈으로 만화를 보고, 하나뿐인 팽이를 서로 돌리려 싸우고, 친구와 친구의 동생을 만나 쿠키를 만들러 가는데

　어느 날엔 그 모든 장난 속에 찰나의 슬픔처럼 찰흙이 숨어 있었다.

　아이들은 사라지고 숨겨진 찰흙만 남아 썩은 냄새를 풍기는 집.

　나는 어질러진 집을 새 곳처럼 정리했다.

　장난감을 사 주고는 너무 자주 가지고 논다고 나무라고, 장난감을 아무렇게나 던져 놓는 아이들에게 잘 가지고 놀지 않는다고 나무라며, 아이들이 빨리 자라 장난감을 버리길 바랐다.

　띵동!

　빵 가게에는 길게 줄이 이어져 있다.

　부부가 열심히 빵 반죽을 만들었다.

　빵을 먹으면 아깝잖아요.

　아내는 밥 먹을 시간이 없어 청포도를 먹으며 빵을 구

웠다.

　내가 만든 빵 맛을 알지 못해요.

　오후가 되기 전에 빵은 모두 팔려 나갔고
　여자는 집으로 달려갔다.
　밤늦게까지 내일의 재료를 준비하려고.
　새벽이 되면 다시 와 빵을 굽기 시작했다.
　아파도 병원에 갈 수 없었다.
　남편은 아내가 과로로 쓰러진 날들을 회상하며 울었다.
　삶은 없고 맛만 남아 가슴이 저리다고.

　신이 인간에게 장난감을 선물했다.
　잘 가지고 놀지 않으면 벌하고 너무 자주 가지고 놀면
망가진다고 벌을 했다.

　벌을 피하려고 모두 달인이 되었다.
　더 이상 소중하지 않은 장난감의 운명이,
　언젠가 버려지고 다시 버려질 우리가 되고 내가 되었다.

장례

— 벌레

불빛은 왜 흔들리고
불빛은 왜 울고 있을까.

당신이 죽었으면 좋겠다고 말했던 날 밤
나는 당신의 부모가 되어 죄책감에 시달렸다.
어떻게 내 자식에게 그럴 수 있느냐고, 내 손으로 내 목
을 졸랐다.

후회하고 후회하고
후회를 즐겼다.

썩 나가! 걸레 같은 년
언니의 새엄마가 언니에게 했다는 말을 들으며,
나는 다정하지 않은데 엄마가 되면 어떻게 하지.

거절하고 거부하고
부당함을 호소하며
너 돈 버는 게 얼마나 힘든 일인 줄 알아? 시 써서 얼마
나 벌어. 애 키우고 밥 먹고 할 일 없으니까, 개같은 년이.

> 당신이 호소하는 절망 앞에서 매일 개처럼 서로 물어뜯고 개처럼 왈왈 짖어도 침묵하는 개조차 될 수 없었던 나라는 존재를 언니에게 설명하며

나는 이제 없는데,

내가 낳은 눈물 때문에 여기 남아야 하면 어떻게 하지.

언니, 우리는 죽지 않으면서 어떻게 죽어 가는 걸까.

우리는 분명 함께 중학교에 다녔는데, 언니만 쭈그리고 앉아 여동생의 실내화를 빨던 주말.

어떤 놈이 빨아 줬니? 언니의 새엄마는 남편이 데려온 언니의 짙은 유두를 보며 말했다지.

종이를 밟고 가는

종이 인형의 하나뿐인 옆얼굴을 발견하는 순간.

언니, 좋아하는 뮤지션*이 있어?

허(虛)

---

* 아래에 쓰인 한자는 김두수의 음반 「곱사무」에서 가져왔다.

바람의 날 선 발자국 같은 것.

정(靜)

언니와 나는 짓밟힌 얼굴의 모퉁이에서 이어폰을 하나
씩 나누어 끼고, 하굣길에 들러 더러 울곤 하던 더러운
골목길에서 핏줄이 오른 서로의 목을 음악이 흐르는 줄로
칭칭 동여매고도 분이 풀리지 않아.

비(秘)

저 더러운 쥐새끼들을 봐. 내 목을 조르며 당신의 목젖
을 짓밟았다.

무(無)(舞)

아이의 손을 잡고 아파트 앞 호젓한 길을 걷다가 머리
가 깨어져 죽은 아기 새를 발견하고는, 아이의 눈을 가려
아이의 발을 피신시켰다. 아이는 보지 못한 아기 새의 죽
음을 큰 소리로 흉내냈다. 번화가에서 아이의 유모차를
밀다가 피 흘리며 죽어 가고 있던 쥐를 미처 피하지 못했
던 날, 아이는 유모차를 멈추게 한 사람들의 비명 소리에
짓눌려, 피 흘리는 쥐를 마주했다. 발을 동동 굴렀다. 왜
죽어 가는 쥐를 살려 주지 않느냐며. 엄마가 죽인 게 아
니야. 우리의 유모차 바퀴에 피는 묻지 않았어. 이미 다

쳐 누워 있던 쥐였단다. 엄마가 그런 게 아니야. 하지만
곧 죽을 거야. 나는 절망했고 아이는 내 손을 끌었다. 우
리가 살려 주자. 불쌍해.

어쩌면 우리는 모두 예술가가 되어야 할 운명인가 봐.
어느 날 내가 쥐새끼의 운명이 된다면. 더러운 병을 옮기
는 서러운 생명의 치워져야 할 죽음을 기다리며. 우리는
모두 쥐새끼가 되어야 할 운명인가 봐.

누생(累生)
언니, 글은 왜 흔들리고
그림은 왜 울고 있을까.

너무 소중해서 용서받을 수 있다면
사람으로 사람에게 머무를 수 있다면
이미 뱉어 버린 말들은, 이미 지워 버린 문장들은 어디
로 가야 할까.

나를 버린 줄 알았던 엄마가,

나를 키워 준 할머니에게 쫓겨난 거였대.
난 할머니가 좋은 사람인 줄 알았는데.
언니는 말에 색을 입혔다.

마침내 스스로 사랑받았다는 오해를 풀고
자신을 저버린 언니는, 붉은 입술을 칠하고 사랑했던 할머니의 장례식에 갔다.
언니, 슬픔을 누르면 위로가 오나.

어차피 어쩌면 언젠가 그런데
내게서 나를 빼앗으려는 당신
나는 왜 당신의 무엇이 되어야 하나.

어차피 헤어져야 해.
연민을 다 지울 만큼 당신이 싫어요.
나는 너에게 나를 고쳐 쓸 수 있는 너라는 호칭을 주기 싫었다.
나는 피가 나도록 발목을 긁었다.

할머니가 죽고, 언니의 아빠가 언니의 엄마에게 돌아가고 언니의 새엄마가 돌아오지 않는 남편을 기다리며 언니를 욕하고 그런 모두가 돌아가며 언니에게 도움을 간청하고, 다시 언니의 외할머니가 죽음으로 돌아가던 날.

어떠한 예외도 없이 함몰된 희망.

언니는 어떻게 해도, 너밖에 모르는 나쁜 년!

말들에 대한 말들은 우리를 덥힌다.

살이 녹아 흐르듯.

너는 정복하는 맛이 있어.

당신은 승리에 도취되었고

나는 나의 삶에 경건함을 원했지만.

삶을 채 완결하지 못하고

매일 밤 쓰지 못한 몸으로 잠이 들었다.

당신이 지독해지는 건 지겹기 때문이에요.

감정을 지우려 애쓰는 나와
좋은 사람이 되기 지겨웠던 언니는
감정의 장례를 치르기 위해 그렇게 만났다.

그렇게 우리는 엄마가 되어 만났다. 그 집에서
이 세계에서 우리는 죽지 않고 영원토록 죽어 가는 벌
레가 되어,
치료할 필요 없는 상처가 되어.

죽음으로 치워질 날들을 기다렸다.

숙제 검사

한 아이가 울며 가고 있었다.

길을 따라 올라가자 울고 있던 아이의 얼굴로, 한 여자가 울고 서 있었다.

몇십 년 전에 가방을 내려놓고 방바닥에 주저앉아 부끄러운 줄도 모르고 부끄러움에 가슴을 묻고 펑펑 울던 아이.

숙제를 가져오지 않은 죄로 부당한 모멸을 선물 받았다고 생각했다.

매일매일 확인하지도 않는 숙제를 꼬박꼬박 해서 가방에 담아 가던 성실보다 더 중요했던 건,

느닷없이 닥친 숙제 검사 앞에서 하필이면 집에 두고 온 숙제였다.

숙제를 내 준 건 더 가혹한 벌을 정당하게 주기 위한 것이었다고.

나를 위한 일은 검사의 바깥에 있었고.

나는 성실한 삶으로부터 모멸을 받았다고 생각했다.

강의에서 만난 군인들은 말했다.

꺾어진 청춘의 꿈에 대하여.

나는 고개를 끄덕이고.

어쩔 수 없어.

그 어쩔 수 없음이 내가 되었으므로.

아무것도 아니게 지나가 생각지도 못하게 깨달은 것처럼.

총을 쥐여 주고 그 안에서 책을 쥐여 줌으로써.

감시의 밖에서 생각할 수 있는 여지를 줌으로써.

너를 만나고 내가 무언가 대단한 걸 쓸 거라고 잠시 기대했던 것처럼.

질서의 바깥에 잠시 서 볼 수는 있겠지.

나는 매일 생각했지만 한 번도 나누지 않았던 말들을 떠올렸고.

결코 검사할 마음이 없었던 감상문 속에서 그들이 무엇을 깨달았을지 생각했다.

아이가 개망초의 머리를 똑똑 따 나의 손에 놓아 주었다.

내가 좋아하는 꽃이다. 나는 꽃을 좋아해서 맨날 따는데.

아이의 말에 나는 슬픈 얼굴이 된다.

화를 낼 줄 몰라서 화가 난 얼굴.

아이들은 어떻게 알까.

꽃이 아름답다는 것을, 아름다움이 선물이 될 수 있다는 것을.

어쩔 수 없이.

이미 죽은 것들이 남긴 삶의 잔상을 바라보며 나는 얼굴이 된다.

예쁜 것과 약한 것과 슬픈 것은 거의 같은 것*이라고 당신은 말했다.

나는 아름다움으로부터 모멸을 받았다고 생각했다.

어쩔 수 없다.

나를 위한 일은 삶의 바깥에 있었다.

* 「문학동네 채널1-문학 이야기」 제19회, 한강, 『희랍어 시간』(문학동네, 2011)을 읽으며 권희철 평론가가 한 말 가운데.
말하자면 당신의 해요체가 좋았다. "무엇 했지요."

"내가 무엇 해 줘?", "가도 될까?", "데리고 있어도 돼?" 내가 그에게 언제나 이렇게 부탁을 하는 것과 달리 그는 내게 명령했다. "무엇 해 봐.", "자리를 만들어 봐.", "안 돼!", "언제까지 와." 어미의 차이가, 높임의 표현이, 감정을 결정했다. 그것은 용서에도 단계가 있는 것처럼 쉽사리 한 단계에는 내가 그를 — 정확히 말하자면 그의 표현을, 용납하지 못하게 만들었다.

"딸, 밥 먹을래?" 엄마가 언니에게 했던 말과, "밥 먹어." 빈손으로 그의 집을 나선 내가 반쯤 빼앗긴 아이를 두고도 배 속에 남은 아이를 지우려 하지 않았을 때 엄마가 경멸을 담아 내게 했던 말. 말은 태도와 행동을 결정했다.

그는 항상 말을 통해 나에게 모멸을 주려 했다. "성폭력 피해자 코스프레 하지 마!" 하지만 동의한 적 없는 결과로 내 몸에 아이가 착상되었다는 것을 나는 느끼고 있었다. 염색을 하려다 말고 산부인과로 발길을 돌렸을 때 나는 담담히 물었다. "첫아이를 제왕절개 했는데, 자연분만 할 수 있나요?" "왜 그렇게 위험한 일을 하려고 하죠?" 의사는 나에게 아이 낳는 일이 실은 얼마나 위험한 일인지 설명했고, 나는 그의 말로 나와 태어날 아이를 위로했다. 우리는 이런 위험을 뚫고 모험을 하는 거야.

출산을 하고 병원 생활을 며칠 해 보며 느낀 점은 여기에 묘한 중독성이 있다는 거다. 친절한 간호사들과 매일 아침과 저녁 회진을 도는 의사. 그들은 내 혈압과 체온을 재고 내가 아프지만 괜찮고 곧 회복될 것이라는 사실을 계속 확인해 준다. 나는 환자이므로 아직까지는 변치 않는 친절과 보호 속에 있다. 그것은 안락한 느낌을 준다. 병실은 곧 누군가가 건넨 소소한 간식거리들로 채워진다. 나는 그것들을 방문객들에게 다시 내밀며 이렇게 고장이 난 나도 누군가에게 무언가를 베풀 수 있다는 사실에 만족한다.

나는 내가 아프지만 건강하다는 것을 안다. 고통을 억누르고 일어날 때, 상처를 돌보고 다시 자리에 누울 때면, 나에게는 과거를 견뎌 낼 힘이 생겼다.

병실 문을 열면 바로 신생아실이었다. 유리를 통해서 본 아기는 곤히 엎드려 있었다. 오늘은 어제와 반대쪽으로 고개를 돌리고 있었다.

"울어?", "아니." 눈물이 날 것 같았지만 울지 않았다. 내가 운다고 아픈 아기가 위로받거나 빨리 회복되진 않는다. 보는 사람이 더 힘들다는 말은 보는 사람이 만들어 낸 거짓이다. 아프지 않은 이가 더 오래 살아남았을 테니까. 보는 사람의 몸엔 상처가 생기지 않는다. 그의 관조가 감정 이입이 되었을 때도 그에게는 여전히 온전한 부분이 있을 테니까. 아기는 입에는 호스를 물고 몸에는 소변 줄을 달고 오른팔부터 심장 근처까지에는 관을 삽입해 영향을 공급받고 있다고 했다. 아기는 얼굴이 빨개지도록 한 번씩 울었다. 나는 항문 위를 찢지도 금식을 하지도 않는다. 나는 아기보다 더 고통스럽지 않다. 그게 나를 지치게 만들었다. 하염없이 아기를 바라보았다.

아기는 회복 중이었다. 그조차도 바랄 수 없는 아기의 엄마들이 있을까 봐 나는 울지 못했다. 어쩐지 그건 예의가 아닌 것 같았다.

젖이 돌았다. 아기가 먹을 때가 되면 가슴은 딱딱해졌고 저리고 아팠다. 젖 내음이 났다. 속옷을 빨아도 물에 담아 두어도 젖비린내가 났다.

함께 살 때, 그가 "네가 무슨 돈이 있어서?"라고 소리쳤다. 나는 소리를 질렀다. 나는 그에게 미친년이었다. 남편은 내가 왜 그날 이후 집을 나갔는지 기억하지 못했다.

엄마의 말은 늘 엄마가 주체였다. "유차자 먹을래?"가 아니라 "유자차 타 놨어.", "된장찌개 해 놨어." 그건 우리의 입맛을 무시했고 우리가 먹고 싶을 때가 아니라 엄마가 엄마이고 싶을 때 차려졌다고 생각했다. 나는 엄마에게 엄마를 기대했다. 우리가 만나 본 적도 없고 만날 수도 없는 엄마를.

74

그는 나에게 페미니스트냐고 물었는데, 그 말 속에는 그게 무슨 잘못이고 수정되어야 할 사항이며 다른 평범한 여자들과는 다른 지극히 비정상적인 여자라는 그 나름의 시급한 낙인이 포함돼 있었다.

"내가 곱하기 2를 하라고 말했을 거 같아? 왜 하는지 이유를 말해 줬을 거 같아? 그래. 그런데 몰랐다고 할 거야?" 삶으로부터 기만을 당하고 있다고 생각했다. 병원에서 구성원들은 서로에게 모멸을 주며 일을 가르쳤고 나는 끊임없이 손을 닦는 그들을 바라보았다. 아기의 수술과 함께 망가져 버린 내 피부를 보았다. 손을 쓰지 않고 아기를 돌볼 수 없었다.

하루 두 번 아기를 면회할 수 있는 신생아집중치료실에서, 분명 둘이 가졌던 아기를 나 혼자 낳고 매번 혼자 면회하며 나는 모든 것을 보고 들으려고 했다. 후일 법원에서 만난 조사관이 "아내분은 참 강한 사람인 것 같군요."라고 남편에게 말하는 것을 듣기 전이었다. 나는 내가 약하지도 슬프지도 않은 이유를 찾았다. 나는 미웠다. 내 삶에는 경계가 없다. 경계 없는 미움과 분노로 가득했다.

단식

── 장난감 놀이

아이들은 먹지 않았다.
먹지 않는 아이들이 모여
장난감을 두고 다투었다.

서로의 집으로 번갈아 초대를 하고
기다림에 두근 반 세근 반 어리숙한 셈을 하던 아이들은
갑자기 뚝 부러진 혀로 서로에게 선고를 선언했다.

다시는 우리 집에 초대하지 않을 거야!

함께 공룡 인형에게 블록으로 만든 먹이를 먹일 때,
집은 다사롭고 아이들은 온화했다.
죽은 장난감들에게 먹을 수 없는 먹이들을 먹일 때.

썩은 이들이 하나씩 흔들릴 때까지.

── 맛있어?
── 달콤하고 맛있어?
살아 본 적이 없어 죽은 장난감들에게

죽은 듯이 삶을 주입할 때.

그래도 살아는 있잖니.
엄마의 말을 엿들을 때처럼.
죽음은 그다지도 무서운 것일까.

— 너 이거 쥐라기 월드에서 샀어?
— 엄마가 마트에서 사 줬는데.
서로의 출신을 캐물으며, 아이들은 슬금슬금 화해라는
것을 하고.
썩지 않는 이를 가진, 더 이상 살아날 수 없는 장난감
들로 안심하고 싸움 놀이를 했다.

초식과 육식은 중요한 일이었다.
파괴를 계획하기 위해.

먹지 않는 아이들이
번갈아 화장실에 다녀와 집어던졌다.
서로를,

잡아먹을 듯이 서로를 죽일 듯이 싸웠지만
마침내 서로를 잡아먹지 않았다.

그런 날이면 장난감들은 집 안에 죽음처럼 깔려 있다가
모여서 무덤을 만들었다.

죽음의 허기가 놀이처럼 번졌다.

장례

— 눈

우리 동네에 들이닥친 범죄로 이 이야기는 시작됩니다. 폭설이 내렸더라면 관계없는 눈송이들이 불운을 막았을지 모른다고. 나의 바람은 고개를 꺾었습니다. 연말은 소음처럼 다녀갔습니다. 언니는 분명 그것을 해악이라고 주장했지만 그건 언니의 자의적 판단이에요. 그건 우리 관계에 대한 기만이에요. *개나 고양이라도 자식이 그런 처지에 떨어지면 부르르 떠는 거야.* 언니는 주장했지만, 아니요! 사람이라면 남의 자식에게 그렇게 할 수는 없는 거예요.

나는 좋은 사람이 아니야. 언니는 아이의 눈앞에서 아이의 엄마를 짓밟고 뺨을 때리고 욕을 했다고 했다. *그날 나는 단 한순간도 사람이 아니었어요.* 언니에게 짓밟힌 아이의 엄마는 말했다. 수화기를 통해 그녀의 퉁퉁 부은 얼굴과 아이의 두려움과 무력감과 후회와 원망을 듣고 나는 제일 처음 언니를 만났다. 나는 언니의 눈에서 초조함을 읽었다. 내 아이가 나와 함께 있었다. 나는 침묵했다. 마음에는 눈이 내렸다.

언니가 아들을 데리고 외할머니의 장례식에 다녀온 뒤

눈이 내렸다. 내가 모임에 가지 않았더라면. 그날 밤 언니의 아들을 돌봐주었더라면. 언니의 아들이 자신을 붙잡고 우는 귀신같은 외할머니를 보지 못했더라면. 눈이 오지 않았더라면. 우울감에 시달리던 언니가 틱을 보이는 아들을 데리고 아들의 친구들과 약속을 잡지 않았더라면. 그날의 범죄는 시작되지 않았을까요? 눈이 오지 않았더라면. 아이들은 만나지 않았을까? 새로운 친구의 집에 초대되지 않았을까? 눈이 오지 않았더라면.

언니의 아들, 그 가엾은 아이는 친구들이 놀아 주지 않는다고 두 번을 애처롭게 울었다. 그사이 옷장 속으로 사라진 아이의 단짝 친구와 친구들을 집으로 초대한 아이는 천진하게 공룡 인형을 찾아냈다. 너무 무서워서 감춰진 공룡 인형이 끄집어내어졌다가 다시 옷장으로 들어가는 사이, 아들의 단짝 친구를 빼앗겼다고 생각한 언니는 자신의 우는 아들에게 호통을 치고 분노의 눈길을 몰아 집으로 돌아갔다.

— 왜 모두 나를 피하는 거야. 내 사과를 받아 주지 않으면서 사과하라고 말하는 거야. 사과를 받을 수 없다고

말하면서 내가 사과하지 않는다고 비난하는 거야.

— 그냥 일어나지 않았어야 할 일이 일어났기 때문이에
요, 언니. 언니는 결코 그만큼 불행해질 수 없기 때문이에
요. 언니는 일상을 살 테지만 누군가의 일상이 깨어졌기
때문이에요. 언니의 가해가 누군가를 피해자로 만들었기
때문이에요. 이유라면 셀 수 없이 많아요.

나는 그녀도 언니도 잊고 나의 일상을 살고 싶기 때문
이에요.

수많은 내가 모여 눈이 내리고, 우리에게 벌어진 불행
한 일들을 소리 없이 덮어 버리기 때문이에요.

눈이 녹 듯 주지 못한, 쓰지 못한 마음이 녹아 흐르기
때문이에요.

그럴 때마다 마음을 잃어버리기 때문이에요.

나는 마음을 버리고 일상을 얻고 싶은데 모든 것으로
부터 버림받았다는 생각이 들기 때문이에요.

우리는 다른 세계를 사는 것처럼 무작정, 그렇게 흩어
졌다. 절벽 끝에서. 서로, 심지어, 절벽에 부딪히며 떨어진
뒤에도 선택지를 갖는 사람들이 있다면. 그 와중에도 그

반짝임이 부러웠어요. 하지만 부러워할 이유가 없었어요.
나는 처음부터 그런 사람이 아니었으니까요.

언니, 사과하는 아이 엄마의 마음을 왜 받지 않았어요?

그사이 언니는 스스로를 용서하고 편해졌다. 적어도 겉
으로는. *나라고 편한 것만은 아냐.* 언니는 가끔씩 당연한
자신의 피해를 되뇌었다. 운동을 하려다가 책을 읽으려다
청소를 하려다 말고 나는 우리가 있는 어떤 꿈속에 묻혀
지내다 나를 원망한 적이 많았다.

나는 네가 너무 좋았고 그 아이가 너무 미웠어.

손을 적셔 바닥을 닦고 그 바닥에서 망가진 손보다 더
더러운 누군가의 마음을 볼 때. *사람이라면 누구나 자신
을 통제할 수 있어야 해요. 그게 우리가 태어나면서부터
받은 벌이에요.*
마음도 먼지가 되고 먼지도 동료가 될 때. *어차피 헤어
져야 해.* 나는 남겨진 언니의 죄책감을 쓸어 담았다. 언니

가 떠나면, 내가 언니의 죄책감과 영원히 남아 줄게요. 우리 남아서 괴로워해요. 그게 그날 이후 우리가 받은 불행이에요.

눈 내리는 체육관

— 책장

언니가 떠나고 먼지 쌓인 책을 읽기 시작했다.
탁 트인 베란다와 눅눅한 거실 벽을 가득 채우고만
있던,
냉기 같고 냉소 같던, 냉랭하고 냉담한 표정의 책들.

아이들이 자리를 비우고, 마침내 우리가 서로가 되어
만나던 시간들을
언니가 모두 버렸다.
언니는 당당하게 가해자가 되어 놓고, 누군가 고의로
담아 놓은 뜨거운 물에 잘못 손을 담근 사람처럼 펑펑 놀
란 눈물을 흘렸다.

책의 깊은 한숨이 찢긴 마음의 모서리를 채웠다.
마음이 아파. 마음은 자신을 모두 버렸다.

언니는 서서히 지워져 갔다.
스스로의 선택에 의해.
우리는 오늘 하루치의 먼지.
매일 치워지고 치워졌다.

> 마음이 되어 버린 책들이 집을 비우자, 비어 버린 집은 체육관이 되었다.

남겨진 책장은 땀을 흘렸고.

끝끝내 마음을 버리지 못한 책들은 마음에 남겨져 짠 눈물을 머금었다.

지워진 문장의 어디쯤에선가

언니는 가해자의 마음이 되어 나타났다.

왜 그랬어요! 그런 변명은 통하지 않아요. 우리가 함께 했던 시간이 아무것도 아니었어요? 나는 바닥난 체력을 회복할 수 없었지만, 가해자의 일상은 아무렇지 않게 돌아가는 것처럼 보였다.

책들이 녹아 버린 집은 체육관이 되었다. 언니는 내게 체육관을 가져다주고 사라졌다.

언니를 버리고 나는 가끔

남겨진 마음은,

우리는 어디로 갈까.

나는 내게 네가 될 수 없었을까.

작게 불러 보았다.

언니.

언니.

이런 마지막이라니 너무 슬프잖아요.

오래된 네가 가끔 꿈에 찾아왔다.

죽을 만큼 크게 다치거나

부모님이 돌아가셨을 때.

나는 삶을 함께하고 싶었는데

너는 늘 죽음을 들고 찾아왔다.

쓸 때, 나의 숨은 한 걸음에 죽음을 향했다.

하지만 한 번의 숨을 내쉬기도 전에 더럽혀진 삶은 대
답도 없이 되돌아왔다.

나는 한 권의 책이 되어 책장 속에 몸을 맞췄다.

그 비좁은 한 권의 책이 머물 자리는 나에게 체육관처

럼 넓었다.

눈 내리는 체육관

── 손

피부가 짓무르는 병에 걸렸다. 장바구니를 손에 걸면 잠깐 사이에 생긴 붉은 줄이 손목에 오래 남아, 저녁을 먹고 나서도 움푹 파인 자리는 사라지지 않았다. 대신 내 몸에서 사라지고 있었다. 살아 있음이.

하루와 하루 사이, 우리는 손으로 잠시 입을 지우고 가슴에 불을 뿜었다. 입이 있어도 할 수 없던 말을 서로의 몸에 그어 댔다. 혼자 있으면 나도, 비할 바 없이 아름다운 사람인데. 사랑하면 고통을 외면해도 되는 걸까.

그날, 너무 가려워 깨어 있을 자신이 없어 잠들기를 택한 나의 잠 속으로, 몇 번이나 네가 짓무른 내 살을 만지러 오는 동안. 그 밤, 양 팔다리가 찐득한 눈물을 흘리는 동안. 그 새벽, 같은 공간에서 네가 라면을 먹었고 나는 조각난 나를 되찾아 조각조각 맞추었다. 나는 체육관의 꿈을 꾸었다. 체육관에서, 나는 점점 더 초라해졌다. 알아볼 수 있는 얼굴을 지우고 혼자가 된다. 우리는 둘 다 서로에게 무심해서 진심으로 서로를 찾지 못한다고. 그편이 좋았다. 사랑한다고 말할 수 없어 미워하지도 않는 관계.

엄마는 쓰레기통이야.

엄마가 수건이야.

놀이처럼 아이들은 번갈아 내 옷에 물을 닦았고

내 손 위에 먹던 것을 뱉어 놓고 즐겁게 사라졌다.

경쟁하듯 내 몸에 입을 맞추었고 울며 악을 쓰고 행복
한 얼굴로 잠 속으로 빠져들었다.

나는 조각난 나를 되찾아 조각조각 맞추었다.

사랑해서 견딜 수 있었고, 사랑해서 힘들었다.

우리는 연민하는 걸까.

깨어 있는 밤, 내 잠 속에 홀로 남았을 체육관을 떠올
렸다.

꿈속에서 우리는 충분한 거리를 두고 속력을 나누었다.

결코 서로를 다치게 할 수 없는 약속을 하고도 모자라 아
무도 다치게 하지 않는 춤을 추었다.

그 밤, 체육관에서는 체육관의 냄새가 났고 나는 너의
냄새.

우리는 사랑하는 걸까.

서로가 희망하는 잠 속에서.

우리는 왜 가지지 못한 표정을 지우기 위해 말에 뜻을 담고 행동에 모욕을 담기 시작했을까. 나의 고통이 하얗게 희석되는 밤. 그 밤, 꿈속에서 손을 긁고 있었다. 체육관에 비친 나의 손은 모멸에 잘린 목을 조르며, 춤을 추고 있는 것 같았다.

3부

죄

유권자

— 장난감 놀이

전염병이 번지던 거리에서

화염병이라도 터진 것처럼 사람들은 모여들었다

나는 울면서 손을 썼다

내가 엄마라는 이유로 욕먹을 일을 가지고 누가 먼저

더 심하게 욕을 할까 봐

나는 입을 잘 열지 못했다

전염병이 번지던 거리에서

나는 아이들을 데리고 잘도 다녔다

조용히 죄를 저질렀다

엄마, 이건 뭐야?

죽여서 만든 거야

그날 이후

저녁 밥상에 앉은 아이들은 늘 죽어 있었다

앉으면서 내게 물었다

엄마, 이건 뭘 죽여서 만든 거야?

네가 아는 그것

자식을 잃은 사람들이 벌이는 흉폭함을 봐

자기만 자식을 잃은 건 아니잖아

돼지를 죽여서 만든 그것을 먹고 잔뜩 풀죽어 있는 아
이들을 돌보던 나를 훑어보며

그것이 말했다

맞는 말이지만 누가 내 자식을 잃게 한다면 그것을 죽
여 버릴 거야

욕하는 입까지 모조리

그럴 수 없다 해도 그럴 거라 생각하면 그렇게 되지 않
거든

불행은 착한 사람들에게도 찾아오는 거야. 뒤꿈치를 들
고 그것을 칩떠보며

나는 알게 모르게 죄를 저질렀다

다른 엄마의 젖을 착취해 먹고 내가 키운 아이의 살을
튀겨 먹었다

거봐 너도 더럽잖아

더 선량한 사람들에게서 눈을 씻고 죄를 찾았다

나는 참된 사람은 아닌가 봐

죄를 고백하고

섣불리 용서했다

아이들은 자기보다 작은 벌레나 말 못 하는 꽃잎을 해맑게 짓밟는 놀이를 했다

　쓸모없는 벌레들은 왜 사는 거야?

　인간은 무슨 쓸모가 있는데?

　공부하잖아

　과잉된 인간 의식을 행할 때에도

　나에겐 작고 힘없고 무해해 보이는 아이들

　이 아이들은 나를 왜 분노에 전염되게 만드는 걸까. 아이들에게 소리를 지르며

　나는 죄를 지은 몸으로 더 큰 죄를 찾아 단죄하는 놀이에 푹 빠졌다

소금

아이가 짓밟힌 가루를 모아 내게 주었다. 엄마, 선물이
야. 사람들이 밟고 지나간 바닥에서. 보드라운 허리를 굽
혀 향기 나는 손으로. 엄마, 소금이야. 나는 그 길의 끝에
서 맨발로 울며 달리는 여자를 본 적이 있다. 소금을 닮
은 하얀 가루가, 누군가의 절여진 삶이 아이의 손으로 옮
겨질까 봐 내 손으로 아이의 손을 감싸쥐었다. 나는 눈물
이 사람을 바꿔 찾아가는 게 두려웠다. 그건 소금이 아니
야. 누군가의 쥐어터진 삶이야. 1시 30분에 교문을 나서는
아이들. 가진 적 없는 슬픔을 작고 빛나는 장신구처럼 손
바닥 가득 모아 쥐고, 아이는 주머니 속으로 꽉 쥔 주먹을
구겨 넣었다.

나는 인간이 인간을 때리는 장면을 너무 많이 봤다. 그
들이 내가 될까 봐. 우리가 같은 사람일까 봐. 경계하고 불
안하고. 이해해서는 안 되는 것들을 이해하며 내가 소금
이 되는 것을 목격하고. 이제 제발 그만하고 싶을 때 딸이
나왔다.

아이가 어린이집에서 받아 온 노란 아프리카 금잔화. 집

안에서 죽어 가는 꽃을 보며, 너는 어떻게 이곳까지 이다지도 선명하게 왔니. 그림처럼 예쁘게 살 수도 있었는데. 어떤 삶은 성기가 도려내지고 머리가 산산이 부서지기도 한단다. 엄마는 물을 줘야 하는 화분을 가져가고 물속에 담아서 키우는 화분을 놓고 갔다. 이건 물을 줄 필요가 없는 화분이야. 꽃잎에 물이 닿으면 죽어. 꽃은 잘도 자랐다. 내가 살아 있다는 걸 잊어도, 버려질 대접에 담겨 물을 마셨다.

여름밤은 꿈과 같아서 아이들은 쉽게 잠들지 못했고. 어둠 속에서 무지개 빛깔 우산을 펴고 물총을 쏘다가 놀이터에서 자정을 맞기도 했다. 끝없는 동산과 꿈같은 놀이 속에서 아이들은 토하고 물리고 물어뜯으며.

소금을 밟았다.

비발디의 얼굴

태권도장과 등을 맞댄 바로크 음악 학원의 품격 있는 표정. 한 층 위에 누운 바둑 학원의 미묘한 침묵. 떵동, 유모차에 누운 착한 아기의 얼굴을 하고 엘리베이터가 도착합니다. 내일을 검색하는 건조한 손과 잔뜩 튀어나온 입술. 가정통신문을 닮은 간결하고 호소력 짙은 엄마의 표정이 건물 입구에 머물러 있는 뜨거운 한낮. 누구의 얼굴입니까. 1층에서는 뚜껑 열린 마트의 고함 소리가, 3층에서는 방음창 안에 숨어 열리지 않는 건반의 소리와 열린 문으로 튀어나오는 애가 밭은 너의 기합 소리가, 4층에서는 채색된 도화지 아래 잠긴 숨죽인 비명 소리가 비밀을 만드는 오후. 지하에 계신 하나님, 열리지 않는 아득한 노랫소리는 누구의 핏자국입니까. 살아 있는 죽은 짐승의 얼굴입니다. 머릿속에 쓰이는 비문이 신을 벗고서. 문 앞에서. 들어가지도 나가지도 못하는 그 경계에서. 마음이 무너지는 소리. 마음이 사라지는 아이들. 마음이 마음과 같지 않아 유독 신경 쓰이는 요일. 아이는 아직 하얀 띠였습니다.

엘리베이터 앞에는 죽은 바로크 음악가의 사진이 사망의 증명처럼 걸려 있습니다.

> 나는 말해지고 칠해지고 꺼내어집니다. 나는 색이길 원하고 구원이길 바라다가, 나를 벼리고 벼려 칼이 됩니다. 까만 밤을 잘라 표정을 세우고.

누구의 얼굴입니까? 용서가 아름다울 때는 불가능할 때입니다. 가능한 용서는 파편처럼 사람의 마음을 찢어 놓으니까요. 계단을 서성이며 살아 있는 아이들을 대할 때에는 어떤 표정을 지어야 할까요. 아이가 잃어버린 하얀 띠는 건물 안에서 돌아오지 않았습니다. 어느 계단에서, 난간의 어느 모서리에서, 얼마만큼의 공간에서, 음악 소리만큼 요란하기도 한 엄마의 기도.

그 건물의 어딘가에서
아이가 죽었습니다.

벌레

— 엄마

나를 침해해 비로소 탄생하는 침범이 있다

　진실한 입술로 잘못된 사명을 만들어 내는 거짓된 증명
의 일그러짐이

　당신의 말에는 어떤 증명도 없지만
　마음을 건드려 경멸을 일으켜요
　시작은 언제나 경건하게,
　"혐오하고, 혐오하는 벌레들에게"

　당신의 말은 마음을 움직여 경멸을 일으켜요
　내가 하는 일에는 어떤 증명도 필요 없지만
　"네가 쓸모 있는 사람이라는 걸 증명해 봐."
　하지만 증명이라는 말은 언제나 너무 부당해

　나는 다시는 쓰지 못할 사람이 될 것 같았다
　네가 이 집에서 나가면 몸밖에 더 팔겠어!
　라고 한, 당신의 말을 고맙다고 해야 할까
　그래도 팔 수 있는 몸을 가진 나

당신의 벌레
사회의 벌레
세계의 벌레들이
잃어버린 꿈들이

그게 누구라도 몸을 팔아 살고 있다고
이 세계를 마음껏 저주하며
자국만 남은 날개를 펼쳐 추락하고 있는 벌레들에게도

마음이 있었다

다음 생이 있다면 여자로 태어나 몸이나 팔며 쉽게 살
고 싶다고
당신은 말했다
한 방울도 남기지 않고 당신의 다짐이 이뤄지길
혹시나 우리에게도 남은 생이 있다면
서로의 벌린 입에서 벌어진 이의 개수를 세며,
가난하고 무례한 모욕을 공평하게 주고받는 것이면 충
분하지

묵묵히 고개를 끄덕일 때

썩은 물 한구석에서 아이들이 내내 고여
도려낼 수 없는 죽은 별들의 눈으로 총총히 삶을 켜고
있었다

나는 어딘가에 있을 친절하고 퀭한 눈을 마주하는 꿈
을 꾼다
내가 꿈꿀 수 있는 것엔 뭐가 있을까
우리의 가슴을 뜯어먹고 자란 벌레들이
젖을 흘리며 꾸역꾸역 쌓여 가는 거리에서

파도파도 끝나지 않을 구덩이에
나를 파 넣다가

그래서 씁니다
나 역시 혐오하는 당신께,

조언이라면 충분합니다

거짓된 사명들이, 증명들이 지겹습니다

눈 내리는 체육관

— 엄마의 일기

— 네가 명치를 쳐서 죽는 줄 알았어.
— 사람은 결국, 언젠가 한 번은 죽어.

남편과 통화를 하며 설거지를 하다가 물이 튀어 배를 적시고 결국, 바닥으로 피처럼 쏟아졌다.
무력감이.
바지를 벗어 바닥으로 넘친 물을 닦았다.
허리 아래로는 공격하면 안 됩니다.
나는 삶이 잘 되지 않을 때조차 공정해지려고 노력했어요.
지난밤 남편의 명치를 친 건, 폭력을 사랑으로 둔갑시킨 한 인간의 정신 착란에 대한 경고였을 뿐.

— 한 번만 봐주는 거다.
— 누가 할 소릴.

애처롭다
너는 왜 사랑할 수 있으면서 사람일 수 없는 걸까.
이해도 없이 연민하려 혀를 욱여넣는 징그러운 입처럼.

어떻게 그 무수한 공허와 동공을, 서로가 만든 허공에 내던질 수 있는 걸까.

하염없이 많은 것들이 하나도 없는 것들이 될 때까지.

사랑한다고 말해 봐.

그리고 죽도록 지겹다고 속삭여 봐.

누가 하는 소리인지 모를 때까지.

\# 애달프다

더 이상 어떤 방식으로도 아름다울 수 없을 때

우리는 어떻게 존재해야 하는 걸까.

존재는 어떻게 우리여야 하는 걸까.

하얀 물방울무늬 잠옷을 입은 내게 딸이 속삭였다.

엄마, 엄마한테서 눈이 내려.

착란, 착란, 착란.

착한 남편처럼 내리는 세상에 없는 눈.

\# 애잔하다

양치질을 시킬 때와 밥을 먹일 때 아이는 입을 크게 벌렸다.

우리는 더없이
입을 벌리고 울고 사랑하고
울렸다.

— 엄마가 이제 죽어?
— 그래도 되겠니?

\# 애절하다

목을 양손으로 감아 나를 넘어뜨리며 아이가 말한다.

엄마를 사랑해서.

설거지하고 있는 내 등 뒤에서 멋대로 바지를 내려 손가락을 하나씩 쑤셔 넣던 남편이 말한다.

엉덩이가 예뻐서.

열병처럼. 나를 뜯어먹으며 번지는 달뜬 추문. 눈은 저주처럼 바지를 적셨다.

마음을 잡아먹은 사람처럼
웃었다.

애틋하다

아이들은 애써 만들어 준 눈사람을 부수고.
강해지면 마음도 단단해지는지 확인했다.
서로에게 이기지도 못할 주먹을 휘둘렀다.
어리석은 어른들처럼.

나는 글러브를 끼며 당신에게 묻고 싶었다.
몸속에도 눈이 오나요.
어느 날엔가.

아렴풋하다

너에게도 내가 필요하겠지.
나에게도 내가 절실해.

나의 마음속 가득 자라난 엄마들에게
강해지는 법을 가르쳤다.

그네

어미의 마음은 동굴을 닮아. 하루는 눈동자를 뚫고 나오는 눈물처럼. 어미는 미끄럼틀 속에서 아이를 안고, 어두운 제 마음속을 미끄러져 나왔다. 놀이터는 어미의 마음을 닮은 동굴처럼 위험천만해서, 잘 걷지 못하는 아이들은 너처럼 혹은 나처럼 보호받았다. 어미의 깜깜하고 깊은 동굴 속에서 나비 같은 리본을 짧은 머리 위에 얹은 사내아이가, 어미의 시선을 얹은 양팔을 한껏 벌리고 모래 놀이터 옆을 빙 돌 때. 동굴 밖에서는 네가 탄 그네가 움직이기 시작했다.

더 높이 날아 더 잘 보기 위해, 마르고 커다란 아이인 너는 청바지를 벗고 발끝까지 몸을 쭉 뻗어 하늘 높이 눈부심을 차올렸다. *어휴 부끄러워.* 너를 향해 비눗방울을 닮은 투명한 목소리가 날아올라도. 마르고 커다란 아이인 너는 그저 그네를 탔다. *미끄럼틀 좀 타.* 목에 건 명찰을 바로잡으며 투명한 목소리가 부탁해도, 너는 그저 너의 그네를 탔다. 집에서는 볼 수 있는 하늘이 한 조각도 없는 것처럼. 징그럽게 커다란 아이인 너는 네가 가진 그네를 더 높이 차올렸다. 아아 아 소리를 질렀다. 소리에 놀란 생명들이 어미의 마음속 동굴에서 비명을 지르며 날아올랐다. 소리도 없이 기어올랐다.

나는 너처럼 위험하게 그네를 타는 커다란 아이를 본 적이 없다. 혼자라는 건 아무것도 아닌 것처럼. 아아 아아. 우리가 꿈꾸는 지겹고도 위태로운 세계. 차올렸다. 혼자서 그네를 탔다. 너는 위험천만한 놀이터에서 어미도 없이 그네를 타는, 유일한 아이였다.

소설

── 승은 언니에게

언니는 축하받고 있을까.

우리의 조금 썰렁해 보이는 첫 책을 두고

나는 발목이 부었다.

나는 오늘 잠든 딸을 안고 두 시간을 걸었어요, 언니.

부은 발목은 나중에 찾아왔죠.

언니의 책을 생각했다.

축하받고 있는 사람들의 사진을 보았고.

늘 조바심 내는 주먹을 꼭 쥐고.

언니는 점차 선명해지는 나의 불행을 함께해 준 사람이었다.

헤어질 사람의 아기를 갖고 여러 언니의 집을 떠돌 때에

언니의 집에서 나는 눈물처럼 짠 젓갈을 먹고, 언니가 두고 간 미역 된장국을 먹으며

나의 아기가 살아서 내 곁에 태어날 것임을 알 수 있었다.

아기가 태어나던 날 언니는 귤을 사 들고 얼어붙은 눈 송이들과 함께 내게 왔다.

언니의 결혼과 나의 영원히 함께할 수 없을 사람에 대한 이야기를 나누며 깜깜한 겨울밤의 고요가 우리 곁을 감쌌을 때,

나는 내가 조금은 어른이 된 것처럼 느껴졌다.

용서할 수 있을 것 같았다.

언니는 어쩌면 불투명해질 나라는 존재의 마지막을 가장 처음 본 사람일지도 몰랐다.

손목을 그으면서도 내가 낳은 아기의 내일을 보고 싶어서 여지를 두어야 하는 삶의 비참과

나의 비참조차 피하고 싶은 더러움일 따름이었던 사람과의 동침과

그렇게 계속되는 삶과 밀려드는 삶과 떠밀려오는 삶에 대하여.

소설을 쓰고 싶었어요.

언니는 알고 있었죠?

우리가 나란히 맨 앞줄에 앉아 수업을 듣던 때에.

이미 내 삶은 죽음을 쓰고 있었는지도 모르겠어요.

나는 언니의 첫 소설을 생각했다.

둘째

때때로 기억하는 어린 시절은
늘 부당한 처지에 시달리고 있었다.

언니는 백양목으로 만든 젓가락처럼 곧은 다리가 길고
동생은 배추흰나비처럼 하얀 얼굴을 가졌는데.
나만 왜 이렇게 생겼어?
나는 항상
셋 사이에 낀 둘째였다.

친구들은 나를 두고 둘이서 더 많은 대화를 나눴고.
나와 만난 당신은 늘 당신의 당신을 데리러 왔다.
나와
유일한 내가 머물 시간에는 늘 우리의 시간이 훼방을
놓았고,
나의 방에는 늘 돌아가는 문고리가 있었다.
나는 둘째가라면 서러운 둘째였다.

사실 네 위에는 누가 있었어.
나와 언니 사이에는 중지된 언니나 오빠가 있었고.

나와 동생 사이에도 무릎을 다친 흰나비의 아슬아슬한
부유와 아스팔트 바닥이 만드는 거리가 있었다.
죽음을 헤아리다가 삶에 너무 늦게 도착하게 된 계절이
있었다.

거짓말 마. 나비는 무릎이 없어. 무릎은 너만 가지는 거야.
가져 본 적 없는 오빠가, 유일한 오빠가 있었다.
유일한 인간이고 싶었던 나는 구걸하는 식물처럼 시들
어 갔다.
내 목을 뜯어 목을 축였다.

인간에게 어떤 태도를 취해야 할지 몰라
환멸을 지웠다.
살아 있음과 가장 가까운 태도를.

너의 마음을 알아.
둘째들은 가슴을 토닥였다.
둘째가 되기 싫어.
첫째와 막내들이 가슴을 토닥였다.

나는 둘째가라면 서러운 둘째였다.

눈 내리는 체육관

— 우산

아무도 기다리지 않는 마음을
애태워 혼자 쓰고 있던 날

꿈속에서 나는 여러 번 문을 잠갔다

꿈인 줄 알면서도
우산을 놓고 나와
다시 들어갔고

불투명한 모든 정면에서 나를 발견했다

저녁을 통과했다
머리가 깨진 줄도 모르고
미끄럼틀에 물을 잔뜩 뿌려 나선형을 그리고 내려오는
아이들 곁에서
위태로운 모든 측면에서

마스크를 쓰고 숨통을 틀어막은 나와 나

나는 내가 없는 아이들의 이야기를 잘 견디지 못했다
망가진 내가 있는 아이들
서로의 머리칼에 벤 비슷한 저녁의 냄새를 맡으며

손등을 펴면 진실이 보이고 손바닥을 펴면 진짜가 보이지

내가 아직도 당신을 좋아하는 게
나에게 아무 의미가 없기 때문이에요

나는 깨어진 날들을 망설였다

터널을 지나는 내가 있고
아이들을 두고 사라지는 나의 세계
그런 나의 아이들을 시청하며
이다지도 온건한 나의 삶을
손톱으로 쥐어뜯고 싶어져요

그가 휙 돌며 말했다
당신은 여전히 초보입니다

듣는 나보다 더 모욕을 느끼는 것처럼
하나씩 감정을 눌러 가며

나는 애써 나의 존재를 모르는 척 기억하려는 사람
나쁘지 않은 사람들이 자신과 남의 인생을 얼마나 수
렁으로 몰아넣는지 나는 알고 있어요
거절하지 못해 무책임해지죠

망가진 사람과 그럴 기회조차 얻지 못한 사람 가운데에서
더 잘못한 쪽은 누구일까요

엄마는 왜 반쪽이야?

반만 남은 커피의 모양으로 나의 세계가 출렁일 때,
카페의 유리문 너머로는 서로의 얼굴을 아는 사람들이
지나고 있었다. 아무리 반성해도 돌이킬 수 없는 당신과 나

빠르게 부서지는 비의 입술이 낱낱이
우산의 흔적을 좇았다

노 키즈 존

—"나의 인류애는 다른 곳에 있어요
엄마는 그저 내게 안식일 뿐이에요
위로"

엄마는 노 키즈 존이 있다는 것을 모른 채, 키즈 존에
머물렀다
아이 금지
사는 것은 위로뿐이에요

어느 안식일에
우리는 키즈 카페를 벗어나 아이가 허용되는 공장형 카
페에 왔다
카페의 화장실 옆에는 아이들을 위해 돈을 쓸 수 있는
미술 체험 존이 있었다

엄마는 노 키즈 존이 우리의 머리 위로 놓여 있다는 것
을 알게 되었고
우리들은 커다란 공간에 엎드려 어른처럼 주스를 마셨다
바닥에 얼음을 뱉다가 혼이 났다
더 이상 소음이 내려갈 곳 없는 바닥의 밑바닥에서
그 이상 뛰어놀 수 있다는 잔디밭에 놓였지만
마음껏 노는 것은 금지되었다
아이는 재앙과 같아서

아이를 동반하지 않은 어른들은 위로 올라갔다
세상은 아이가 없는 어른을 배려할 필요가 있어요

세상은 온통 아이 위주로 돌아간다고 불평들인데
우리는 좀처럼 허락되지 않았다
무연한 울음도 금지되었다
우리는 돈을 내고 가둬졌다
똑같이 찍어 낸 놀이를 감시 속에서 자유롭게 하도록
허락받았다

우리는 공장에서 찍어 낸 아이의 모형답게 아무런 피해
를 주지 않는 불가능한 놀이를 가능하게 만들었고, 엄마
는 시종일관 절망을 연기했다

많은 날 동안 엄마였던 당신은
가끔씩 우리를 벗어나 아이를 동반하지 않은 어른이
되었다
어른들의 공간에 동반된 아이들을 물끄러미 바라보면서
많은 날 동안 당신을 위로해 준 건 엄마였을까

아이들의 공간에서는 사고가 끊이지 않았다
아이들은 악마보다 무질서했고
아이들을 가진 엄마들은 이기적이었다

나는 아이가 없습니다
당신의 인류애는 어디에 있습니까
당신이 물었고
나는 아이가 있습니다
당신의 인류애는 도대체 어디에 있습니까
당신이 울었다

아이가 없는 어른의 있음과
어른이 죽인 아이의 삶 사이에서
빼앗긴 안식과 마땅한 위로 어디쯤엔가

당신은 생각하고
당신은 고뇌하고
누군가 조금은 행복하다고

아무도 불행을 낳지 않으려는 곳에서
넘쳐나는 것은 이미 태어난 아이들뿐이었다

엄마의 삶과 인간의 삶과 버려진 몸과 인류애 속에서

우리는 아이가 없어도 다른 방식으로 행복할 수 있어요
내가 아이였을 때 어른을 증오했던 것처럼
우리는 아이를 경멸할 수 있어요
내가 아이였던 것처럼 그들도 언젠가 어른이 되어야만
하니까요
우리는 우리 없이도 존재할 수 있어요

서로를 죽이며 아이는 우리가 되었다
오늘 치의 인류가 되었다

받아쓰기

너덜너덜해진 입의 조각으로 우리는 서로를 마셨다.

뜯어진 뼛조각 같은 얼음의 감촉이 혀에 오래도록 남아 아름다움은 고통받았다.

덜 아름답게 여겨지는 아이, 언제나 덜 관심받는 아이가 내 앞에서 울고 있었다.

아이는 내가 죽고 싶어 하는 걸 아는 것처럼

내 곁에 와 덜 사랑받는 쪽 볼에 입을 맞췄다.

언제나 차이는 존재했으므로

똑같다는 말을 들은 귀는 생각에 잠겼다.

아이는 내가 적은 문장을 읽었다.

제발네가나를죽여주었으면좋겠어.

받침과 띄어쓰기가 사라진 채 나열되는 문장은 얼룩져 있었다.

하찮은 사람이 하는 일은 언제나 하찮은 쪽에 설 뿐인가.

너덜너덜해진 저녁에 내 살을 씹어먹으며

내가 아니면서 내 몸에 강제로 와닿은 당신의 손들을 내 살에서 찢어 내고 싶은 날의 환한 테이블에서

아이는 입술들을 가지고 뒤섞인 말을 했다.

나로 얼룩진 사람들 나를 아는 사람들 그들을 만나 내

가 싫어지는 날.

　언제나 더 아름답게 여겨지는 아이, 더 주목받는 아이
가 잠에 빠졌다.

　잘 익은 감을 한입 떠 넣어 주면 혀가 되고 싶다고 말
하는 아이.

　세상에서 엄마가 좋아.

　모두에게 사랑받기 위해 '가장'을 감추는 아이.

　지금 할 수 있는 일을 뒤로 미루는 아이.

　개구리가 되고 싶어.

　미뤄진 뒤를 물으면 질문을 막아서는 아이.

　엄마는 나 필요 없지? 버릴 거면 지금 버려.

　언제나 덜 사랑받는다고 생각하는 아이가 친구의 말을
주워 말하면

　언제나 더 사랑받아야만 한다고 생각하는 아이는 사랑
하는 사람들의 말과 행동에 자신의 억양을 넣어 말했다.

　한 아이는 혼이 날 때 울어 버렸고, 한 아이는 눈을 비
웠다.

나는 혼이 나간 얼굴이 되었고

아이들은 하루 종일 온갖 사소한 일들을 해결하려 나를 찾아 나섰다.

뜬금없이 고백했다.

엄마 사랑해.

물었다.

엄마는 누굴 사랑해?

똑같다는 말을 생각하며 정직하게 발음해 보았다.

엄마 우리를 낳아 주시고 길러 주셔서 고맙습니다.

아이들이 만들어 온 카드 속에 똑같이 누운 문장을 보면 슬퍼졌다.

이대로 궁지에 몰리며 우리는

사랑을 절망할 수 있는 걸까.

우리는 알 수 없는 말을 받아서 쓰고 또 썼다.

4부

몸

데이트

— 폭력

당신은 왜 그다지도 쓸모없이 다정해지려고 하지? 오늘이 지나면 나는 나를 나라고 생각하지 않을 텐데. 머리카락이 자랄 때마다 머리가 자라나는 상상을 합니다. 미용실에 가야 할까. 무거워진 어제의 목을 다듬어 낸 오후. 어쩌면 갓 뜯어낸 채소처럼 싱싱한 하루. 싱거운 점심을 먹고 저녁을 기록합니다. 그렇게 하나씩. 오늘의 나는 없어져 갑니다. 배달된 상품처럼 진열을 기다리는 동안, 장소가 사라지고. 공간을 초월해 또 다른 시간이 겹쳐지는 것을 쉽게 망각하고. 언덕을 오르며 발목에 돋아난 생채기를 잊고 아픔의 원흉을 모르고 숨을 고르고 높이 솟은 구두의 무게를 모르고 나를 누르고, 나누고, 나르고. 다시 평지에 오르는 동안, 한동안 우리는 정말 즐거웠습니다. 오늘의 머리가 자랄 때마다 머리 위로 또 다른 머리가 자라나는 상상을 합니다. 어디를 가야 나를 잃어버릴 수 있을까요. 당신이 부러뜨린 나의 목에서 피가 흘렀습니다. 식물은 아니어서 슬펐습니다. 우리는 정말 즐거웠습니다. 당신의 손 안에서 환하게 서로를 보며 웃고 있는 나의 성실하고 서로 다른 머리 다발들. 그날 고백하는 당신의 심장은. 폭력을 기록합니다. 나는 상실되었습니다.

단발

자를 머리에 클리닉을 했다
단발로 자를 건데요
아깝겠어요

자를 인연에 애를 쓴 적이 있다
잘라 내려고 생각하면서
친절로 마무리했다
실수를 더 들키지 않은 채 인연을 끝낼 수 있어서
아쉽다고 생각했다

　상한 머리카락을 길게 늘어뜨리고 생명을 떠올리는
것처럼
　기대만큼 누추한 말

기대를 한 적이 있다
매일 더 어지러운 얼굴로 살아나면서
삶이 표정을 더한다고 안위하던

자르는 사람의 얼굴과 잘리는 사람의 얼굴을 봤다

비굴해지지 않고 말을 한 적이 있을까

머리를 잘랐다

응급실

아픈 아이가 신음하면 아프지 않은 아이가 노래했다. *그만*. 우리는 병마와 싸우며 더욱 겁쟁이가 된다. 연약함을 참지 못해 온몸을 긁다가, 더 건강한 아이가 앞장서 외로움에 지친다. *걱정하지 마*. 돌봄은 피고름을 사이에 두고 전염된다. *제발*. 손마디가 자신들을 이루던 경계를 지워 가며, 물컹해졌다. 나를 제외한 너의 부위들이. *아프지 마*. 우리가 찢어졌다. 고약함을 틈타 간지럼증이 온몸으로 번진다. 이제는 웃고 싶지 않은데도 웃어야 하는 걸까. 원하지 않는 감정들이 날 선 각도로 기울어져 고열을 냈다.

어느 순간 40도는 익숙한 음을 가진다. 자주 열병에 시달리던 아이는 어느 날 자신의 몸에 퍼진 열꽃에 홀렸고. 우리 사이로 쉴 새 없이 날아들던 비명. 반복되는 상처에 리듬을 남겼다. '어느 날 갑자기 죽는다'는, 어떤 음일까. 너는 채혈을 하며, 흉터를 음계로 만들었다.

오늘은 어떤 음치가 찾아왔을까.

자주 소아응급실을 찾는 엄마들은 아이가 처방받은 약

이름을 명확하게 읊었다. 미리 싸 두었던 입원용 가방을 뽑냈다. 침대 시트를 날개 삼아 황망히 떠났다. 자주 우리가 걸린 병명에서, 걸려 넘어질 공간을 찾았노라고. 너는 불붙은 이마로 노래했다. 아픈 아이가 신음하면 다정히 눈 감은 엄마는 토닥토닥. 꼭 닫힌 아이의 등은 이를 꽉 문 타악기가 되어 노래했다. 아가야 그만 자렴. 노래했다. 우리는 일그러진 얼굴로 기울어진 두려움을 노래했다. 40일 동안 원인 모를 열병에 시달리던 아이는 마침내 꼬리를 잃었다.

6인실

마음을 나누어 가진 것 같았다.

마음이 없어진 것 같았다.
조문을 마친 네가
이제 막 생명을 끌어낸 산모의 몸을 난도질했다.
비어 있는 공간 속으로 여섯 개의 몸이 달아났다.

발등에 칼을 떨어뜨린 여자와
두 개의 침대에 한 개의 몸을 나누어 올리기도 했다.
그곳에는 붉게 칠할 몸도
다른 생각을 장식할 마음도 없었는데.

비어 있는 공간 속에서 충혈된 여섯 개의 귀가 번뜩였다.

아줌마는 남편에게 개처럼 부림 당하다 암에 걸려 버려
졌대요.
공간 속에 나눠 담긴 이웃들은
숨소리를 거듭 낮추었다.
할머니는 혼자 누워 있었다.

가난한 마음을 배려해
투명해진 몸을 비추지 않았다.

커튼 안에 숨어 더욱 낮아진 불행.

우리가 불행하면 누구와 이야기를 나눌 수 있을까요.
태어날 아기를 염려하며
목마른 우리의 그림자가 운명 위를 일렁였다.

내가 죽는다면 우리에게 인사해야 할까요.
달아나기 위해 가방을 싸는 마음으로
남겨진 숨소리를 공유했다.

운명을 나누어 쓰는 것 같았다.
공무원 시험에 떨어지거나 이층 침대에서 떨어질까.
운이 다하자 병에 걸렸다.

공기마저 희박한, 가득 찬 공간이었다.
고름이 들어찬 목숨을 나누어 가지는 것 같았다.

누가 먼저 썩어서 돌아갈래?

비명이 끝나자 너는 또 다른 이의 침대에 올랐다.
마음도 없이 마음을
가득 찬 듯, 돌이킬 수 없는 마음을 나누는 것 같았다.

우리는 사랑을 나누는 것 같았다.

노른자와 눈보라

할머니에게 전화를 걸었다. 할머니는 나를 알아듣지 못했지만. 사진 속 할머니는 아직도 살아 있는데. 기억과 기억 속에 언제나 꼭 같이 늙어 있는 할머니. 할머니는 이제 할머니가 되었어요. 아이에게는 어떤 옷을 입힐까. 해는 언제 질까를 생각할 때, 문득 언니의 고양이 모냥이와 애봉이가 죽었다. 내 기억 속에 언제나 할머니였던 할머니가 지금처럼 닳아 버리기 전에, 걸을 수 있는 두 발로 혼자 시장에 나가 그 고단한 두 팔에 품고 왔던 아기 고양이가. 절반만 남은 폐와 종양으로 덮인 한쪽 눈으로 살아가던 늙은 고양이가. 이제는 뜰 수 없는 눈을 고치고 죽었다. 인간에게 학대받고 버림받아 다시 인간에게 구출된 아픈 고양이가. 인간의 선의로 간 병원에서 인간의 실수로. 기억을 고치고 새로 쓰며 죽었다. 나는 죽음의 이야기를 전해 들었다.

할머니에게 전화를 걸었다. 할머니는 내가 나인 걸 알아듣지 못했지만. 노른자와 눈보라가 죽었어요. 아이들은 엄마를 잃고 집에 온 한 쌍의 병아리를 각각 노른자와 눈보라라고 불렀다. 병아리들은 40일이 지나자 큰아이와 같은 일곱 살이 되었고. 우리의 좁은 거실에서 날아오르는 노른자와 눈보라를 다시 꿈보다 넓은 농장으로 보냈다. 절대 잡아먹지 않겠다는 약속을 받고. 그렇게 눈보라를 뚫고 온 나그네처럼 멋진 회백색 털 사이에 선명하게 찍혀 있던 까만 눈동자로 고고하게 서 있던 눈보라는, 농장에 있던 다른 닭들의 무리들에게 따돌림 당해 굶어 죽었다고 했다. 동화 속에 그려진 미운 오리 새끼의 형제들처럼 얄밉게도 아름다운 노란 털이 보송보송했던 노른자는 농장의 아로니아로 연명하다 마침내 수확이 끝나자 주린 배를 잡고 눈보라와 함께 죽었다고. 나는 내가 만든 죽음의 이야기를 전해 들었다.

할머니가 내게 전화를 걸어왔다. 할머니 내 딸로 다시 태어날래요? 할머니는 나의 말을 알아듣지 못했지만. 세진이가 내게 온 걸까. 죽은 낙엽의 이름이 나뒹구는 길을 걸으며 아이들의 이름을 떠올렸다. 10개월을 갓 넘긴 세진이는 병원을 제집처럼 자주 오갔다. 제집이 있었다면 병원을 가지 않았을까? 듣지도 말하지도 보지도 못하는 아이는 태어나자마자 엄마에게 버려졌다. 세진이에게 줄 목도리를 떠서 보냈던 날에 세진이가 이미 죽었다는 전화를 받았다. 그날 상상할 수 없이 외로운 아이의 무덤을 생각했다. 기억과 기억 속에 언제나 10개월 아기였던 아이. 세진이가 죽고 나서 나의 몸에서 아이들이 태어났다. 내게 온 거냐고. 내게 올 거냐고. 나는 죽음에게 믿을 수 없는 관용을 구걸했다.

폭염처럼 밀려드는 저녁의 차들 사이로, 죽음의 이야기를 썼다.

공원

우리는 공원에서 만났다

약속을 하지 않고 만나거나 우연히 마주치거나 습관처럼

연락을 주고받았다

아이들은 한데 엉겨붙어 놀거나 민들레 홀씨처럼 낱낱이 흩어지며 놀았다

자신을 찢어 가며

엄마, 재금만 더 놀다 가자

엄마들은 피딱지나 고름처럼 칠이 벗겨진 벤치에 눌어붙어 있었다

짧게 끊어진 잔디에 고여 있었다

엄만 무슨 꿈 꿨어?

아무 꿈도 안 꿨어

나는 놀이공원에 가서 엄마랑 같이 빵 먹는 꿈 꿨어

나보다 나은 아이가 말했다

나는 장례식에 가는 것처럼 놀이공원에 갔고 놀이공원
에 가는 것처럼 부고를 읽었다

어떤 날에는 거실에 해가 드는 것만으로도 위로를 받았다

어느 날에는 무형에 가슴이 베인 것처럼 아렸고

엄마들이 있었다
무언가를 잃어버린 엄마들이었다

조금 있다 해 줄게
엄마 우리 찾아서 가자
여기 혹시 본 사람 있나요?

> 나보다 나은 아이가 우리가 포기한 것들을 찾아 공원
을 돌아다녔다

그날은 많은 아이들이 죽은 날이었다

엄마들이 있었고
거짓말처럼 흩어져 있었다

더하고 더해도 사랑은 불안한 것이었는데

마음을 말하지 못한 날에는 몹시, 가슴이 아팠다

병원놀이

새 인형이 도착했다. 똘똘이의 오른팔에는 철심이 박혀 있었고, 진지하게 아픈 구멍이 나 있었다. 함께 들어 있는 주사기에 물을 채워 팔에 꽂으면 죄책감도 없이 눈물이 튀어나왔다. 아이들은 기뻐 소리를 지르며 함께 웃었다. 똘똘이는 이제 막 포장을 벗겼는데도, 언제나 아파서 주사를 맞아야 해요. *내게 필요한 건 아주 작은 존중이에요. 그런데 존중이 작을 수 있나요?* 언제나 놀이 속에는 목숨을 걸어야 할 위협과 적절한 괴롭힘이 있었다. 우리는 인간을 가장해 친구가 되었고, 친구에게 할 수 없는 고백을 했다. 나는 네가 진짜 좋아. 관계는 진짜 아프면 버려졌고, 아프기도 전에 버릴 수 있었다. 하지만 이분은 발을 움직이지 못합니다. 걷지 못하는 고통은 가까이에 있었고, 인형에게 할 수 있는 일을 인간에게 하기도 했다. 소품으로 함께 넣어진 심벌즈를 끼우면 손에 씌워진 천이 뜯어지는 인형이 있었다.

체온

—손

어떤 기억은 너무 사랑해서 들끓어 오른다. 피를 덮는 심정으로 붉은 가슴을 나누어 덮었다. 살아 있으라고, 믿는다고 했다. 아, 하고 입을 벌리면 온몸이 뭉클해졌다. 목 젖을 보기도 전에 순진한 이가 걸리면 가슴이 뛰었다. 엄마, 나가지 마. 여전히 아름다운 목소리가 울렸다. 상상을 했다. 그 많은 상상은 무슨 소용이었을까. 소중한 것들이 최선을 다해 멀어지는 소리. 소음 아래로 아이의 얼굴이 넓게 깔렸다. 아이의 손을 잡았다.

손이 없다면 무엇으로 우리를 만들고 헝클어진 가슴을 맞잡을 수 있을까요. 상처를 머금은 손이 체온을 높였다. 나는 왜 내 집을 갖지 못했을까. 아이들이 있는 집은 왜 나의 집이 되지 못했을까. 나는 왜 더 나은 사람이 되지 못했을까. 이상했다. 따뜻했던 모든 것들이 내게서 멀어졌다.

그곳으로 들어가면 입구도 없이 출구를 찾게 될 것 같아. 한 아이가 자고, 한 아이가 깨어 머리카락 아래 숨겨진 눈썹을 찾듯. 입구에서 서로의 흉터를 그려 붙였다. 상처 입는 연습을 반복했다. 안전할까? 반듯이, 살아남으렴.

손을 잡았다.

　가장 가까운 체온, 가장 정확한 나를 찾으려고 헤맸다.
바라던 것으로부터 수도 없이 배반당하는 느낌으로.

　서로의 항문에 머리를 파묻었다.

　피를 덮는 심정으로 푸른 바다를 나누어 덮었다. 체온
이 떨어졌다. 잠이 들었다. 그래도 잡으라고, 손을 내밀었다.

WONDERLAND

내가 소리를 지르면
아이들은 표정으로 앉아 있다
이제는 너무 늦어 버린,
이 집이 너무 지겨워진 나의 표정으로
내 몸의 치밀한 부위와 과밀한 분노를 조율하며

이 집의 해는 느닷없이 기운다
하루는 빨리, 짧고, 상실되게, 찾아오고
볶음밥을 먹으며 '맛있다'라고 큰 소리를 내어 하는 말이
이제는 다시 찾아오지 않을 행복처럼
식탁 주위에 떨어져 산화되어 버리는 밤
불 켜진 음악. 지겨운 음악. 마주 보이는 건물. 길게 내려
온 독서실 천장에 끈을 매달아 자신을 묶어 내린 사람들
　나는 슬픔의 얼굴을 알았으면 좋겠어요. 상대를 초라하
게 만들지 않으면서 나를 참혹하게 여기지 않는. 평온한
얼굴로 물웅덩이에 처박힌 꽃잎에 대해

혹시 제정신이세요?
아이가 보는 만화 속 아이들은

분홍색 머리를 하고 어른에게 말한다
산타의 선물 공장이 폭발할 때

캐롤이 울리고
이 밤이 가기 전에
아이들에게 준 상처와 남은 죄책감의 힘으로 나는 다
시 살아났지만

늦은 밤보다 더 늦은 밤이 되면
입술을 닮은 우주선의 모양을 두고 먼저 떠나기 위해
다투었다

외계로 달아난 이들
그들은 열렬한 환영을 받으며
지구에서 잊혔고

나는 떠나지 못해 기억 속을 떠돌았다
이상적인 가정의 불안정한 엄마로 남아
온몸을 폭발시켰다

> 팡팡

입술이 흐려지는 밤이었다

봄비

심정이라는 것이 삭아 내리는 것 같았다.

당신의 집을 떠나
빌리지도 못할 방 한 칸에 숨을 때,
아이들은 내게 인어 공주 이야기를 해 달라고 했지.
창문이 찍어 낸 네모난 달빛이 천장에 와 숨은 걸 알려
주면,
안 자면 문어 마녀가 잡으러 와?
아이는 장난처럼 겁을 냈지.
장롱 옆으로 난 작은 틈새로 동생이 기어들면,
아이는 조바심을 냈지.
양손을 모두 내어 준 엄마가, 더 이상 내어 줄 손이 없
는 세계에서 겹겹이 태어나 버린 실수의 아이들을 두려워
하며.
*오늘 밤엔 이불을 쌓아 올려 천장에 새겨진 창문으로
나갈까?*
양손을 떨며 물으면.
엄마의 눈을 받아 든 아이는.
인어 공주는 왜 말을 못했어?

눈을 찔러 언젠가는 모든 시력을 앗아갈 거라던, 자신의 기다란 속눈썹으로.

운명인지 예언인지 모를 불안한 꿈같은 말들을 넘어.

깜빡깜빡 불 꺼진 현실을 묻곤 했지.

그런 밤, 베란다에서도 거실에서도 어느 방에서도.

은밀한 학대는 이루어졌다.

집에 가기 싫어 우는 내게

선생님은 말했었단다.

옆 반에 누구는 아빠가 혁대로 때린단다. 너는 그렇지는 않잖니.

우는 내게

사람들은 말했었단다.

너는 왜 그렇게 태어났니.

집에 가기 싫어 집을 버린 누군가에게.

책임을 지라고, 버려지는 아이의 삶이 불쌍하다고 욕을

했단다.

　내가 욕한 사람들을 이해하게 될까 봐 두려웠단다.

　집에 가기 싫어.

　빼앗긴 목소리가 아름답게 울리던 밤.

　아이는 늦게 눈 감고 아기는 늦게 눈뜨던.

　공간은 두렵고 사람들은 늘 우리 때문에 화가 나 있었지.

　눈뜨면 내 앞에서 진심을 말하는 당신.

　이곳도 저것도 모두 진심이었지.

　나는 표정 잃은 얼굴로 당신의 진심에 무관심했고.

　그렇고 그런 말들을 심장에 푹푹 퍼 넣으며 맞는 아침.

　딱 그만큼의 비.

　그만큼의 마음.

화병

— 손

물이 목까지 차오르자 문이 열렸다. 부족한 꽃들의 이름을 망각하며. 울울한 마음으로 축농증에 시달리던 계절. 엄마는 하늘만큼 사랑하고 할머니는 우주만큼 사랑해. 아이의 우주에는 무엇이 비어 있을까. 부족한 사람들이 서로에게 범하는 무례와 내가 허락한 적 없는 병약함 사이에서. 물을 채우듯, 누군가 나에게 당신의 안부를 묻는다.

물이 목까지 차오르자 말이 열렸다. 화병 속 꽃은 어쩌다 자신의 말을 가지게 되었을까. 나의 손은 어쩌다 당신의 말을 대신하게 되었을까. *괜찮습니까.* 시들어 가는 당신을 흔들어 깨우며 손가락이 하는 찰나의 입맞춤들. 우리는 시들어 가는 계절에 남겨진 사람들이었다. 잊혀진 말들의 미래였다.

물이 목까지 차오르자 몸이 열렸다. 꽃들은 어쩌다 축하를 대신하게 되었을까요. 죽음의 대리인이 되었을까요. 나는 당신에게 나를 믿으라고 허락한 적이 없어요. *매일 3회 환부에 골고루 펴 바르시오.* 설명일까 명령일까. 늙지 않는 손을 가지고 싶어요. 말들이 늙어 없어진 뒤에도 남는 소복하고 탐욕스러운 손을. 모든 것이 망가진 뒤에도 남을, 나의 가장 부지런한. 아픈 손.

우리는 마음을 열고 부탁을 거절했다. 손을 대신해 고개를 숙였다. 멀어지기 쉬운 날씨였다. 당신의 가장 아름다운, 나의 가장 형식적인. 휠체어를 밀던 당신의 손과 막차를 앞두고 환승구 가까운 방향을 묻던 당신의 말 사이에서. 내 꿈을 대신 꾸었다는 사람과 내 꿈 사이의 간격. 한여름의 가독성을 생각했다. 누군가 나에게 당신의 안부를 묻는다. 당신의 재봉틀이 도착하는 날, 깨어지기 쉬운 꽃무늬 원피스를 부탁해도 될까요. 손은 절박함에도 관계의 매듭은 수없이 어긋났다.

눈 감기

남은 눈이 내리고 있었다

나는 눈처럼 무너지거나 눈처럼 가슴이 아렸다

짜장에 넣을 양파를 썰던 날처럼 나만 빼고 눈물을 흘렸다

나에겐 비밀이 있다

나는 눈이 아닌 것처럼 녹거나 눈인 것처럼 그리움에 휩싸였다

지겹고 지겨운 날들 멈췄던 눈이 다시 내리기 시작했다

아이들이 내 비밀을 캐내려고 우는 척을 했다

엄마 혹시 우리 사랑한다고 해 놓고 미워하는 거 아니야?

누구의 뼈와 살을 깎아 내리는 눈일까

당신의 집에서 한 시간만 눈감고 가도 될까요?

아이들은 내 머리카락에 묻은 눈을 찾고

나는 내게 묻은 사람들의 혐오를 찾아

아이들을 잠재웁니다

성냥팔이 소녀는 저 눈 속에서 잠이 들었단다

우리의 집에선 언제나 괴물이 나와서

주사를 맞거나 변기 귀신 꿈을 꾸기 전에 꼭 나의 팔베

개가 필요하고
　　우리를 지우고 지우며 내리는 눈은 없을까요
　　오늘은 눈 감기에 걸렸어요
　　다정한 인사나 안부 우리가 서로를 알던 이유를 잊은 채
　　마음껏 울고 싶어요

환갑 여행

모두가 불공평하게 늙어 버린 세계

축하하는 이도 축하받을 자리도 없는 곳에서
낯선 얼굴을 들고 활보하는 남겨진 사람들

추앙받던 짐승과 추락하는 인간의 여행

다음 목적지는?
자국도 타국도 아닌, 이방의 언어로 말하는 기계와 나
누는
불필요한 장식 같은 대화

아름다운 것은 불필요하지
당신의 말
모국어를 말하는 당신이 아름답다는 생각을 했다

그 정도의 친절도 없는 곳에서 나는 왔어요

당신은 내가 알아들을 수 없는 말로 욕을 할 테지

당신이 우리의 빠른 발이 되어 운전대를 잡는 동안
열린 창을 수놓는 것은
우리의 혀를 뽑아 길게 매달아 놓은, 아름다운 장식 같
은 대화

모욕은 어디에서 오는 것일까
주름진 몸을 대신할 가장 굴욕적인 말을 생각하지

아름다운 것은 불필요하지
당신의 달이 뜬 낯선 밤을 달려,
모국어로 말하는 당신이 아름답다는 생각을 했다

적도 지방 사람들은 게을러서 못사는 거래

들리는 말들은 모두 노동에 찌든 주름진 발
차 문을 여는 당신은 다리를 절고 있었다

그 정도의 친절도 없는 곳에서 당신도 왔군요

당신이 오늘 치의 노동에 답을 하라고 손을 흔들 때
나는 우리에게 사라진 친절을 말들과 함께 지불했다

관광지의 날들은 잠이 없어도 설레지만

여행을 오면
할머니 목이 없어진대요
할머니 가슴이 없어진대요
할머니 다리가 없어진대요
여행을 오면 비행기가 없어진대요

말하기 좋아하는 아이의 말을 따라
없애고 싶은 것들이 있다

기다리는 몸,
같은 것

무릎을 좋아하는 아이가 나의 무릎에 매달렸다

축하하는 이도 축하받을 자리도 없는 곳에서
게으름은 어떤 것일까

부지런하게 눈을 속이고 늙지 않으려고 달려왔지만
결국은 모두 공평하게 늙어 버린 세계

당신이 나의 얼굴을 만진다
우리가 깨어진다.

나는 잠이 없는 곳에서 왔어요

나만 빼고 드는 잠
나만 빼고 잠이 드는 사람들 속에서

책상 정리

커다란 남자가 내 앞에 쓰러졌다. 쓰러지자 그는 그냥 남자처럼 보였다. 그가 여러 번 일어나려고 애쓰는 동안 나의 눈동자는 사람을 잃은 사람. 응시했다. 유모차를 밀고 서 있던 내 뒤의 아이 엄마는 그가 쓰러진 뒤에도 그 전처럼 계속해서 유모차를 밀었다. 나와 같이 아이의 하원 버스를 기다리는 엄마들이 뭉쳐져 있었고. 쓰러진 남자의 일행인 줄 알았던 남자가 마트에서 나오며, 쓰러져 허우적거리는 남자의 몸뚱이와 시선을 맞춘 뒤, 아무것도 보지 못한 것처럼 고개를 돌렸다. 남자가 쓰러지기 전에 인도에서는 책상 하나를 두고 세 명의 남자가 붙어 애를 쓰고 있었고. 그들 중 한 명의 남자가 넘어졌고. 그는 금방 스스로 일어났으므로. 나는 쓰러진 남자를 지켜봤다. 쓰러진 남자가 짚고 있던 지팡이를 세우려다 거푸 실패하는 동안, 책상 하나를 두고 계속해 쩔쩔매고 있는 남자들은 점점 더 우스꽝스러운 모습이 되어 가고 있었고. 길은 꽁꽁 얼었으므로. 나는 여전히 머뭇거리며 쓰러진 남자에게 다가가 그가 세우려던 지팡이를 그의 앞에 대신 세워 주었다. 어느새 다가온 세 명의 젊은이들이 그를 에워싸고 도와드리겠다며 크게 수를 세어 바닥에 붙은 듯 떨어지지 않는 그를 힘겹게 일으켰다. 쓰러진 것을 보지 못했어요. 인간을 지키려 큰소리가 오갔고. 애를 피하다 넘어져서. 작은 소리가 답했고. 일으켜 세워진 뒤에도 변명이 필요했던 남자는 도망치듯 자리를 떠났다. 땅에서 떨어지자 그는 다시 커다란 남자가 되었고. 나는 오래전에 배운 나의 인간을 오래 잃었다. 하원 버스에서 내리는 나의 아이를 향해 웃었다. 선량한 부모의 얼굴이 되어. 고맙습니다. 인사했다.

과체중

아빠는 내가 왕따가 되어 돌을 맞거나, 아무도 나와 놀아 주지 않을 거라고 말했다. *왜?* 내가 먹으려던 삼겹살을 내 살의 조각인 양 손에 꼭 쥐고 눈을 동글동글 말자, 말라깽이 엄마가 아빠에게 던지려고 손을 말아 돌처럼 들었다. *도대체 말을 왜 그따위로 해!* 엄마는 아빠의 밥에 매일같이 돌을 넣었지만, 매일같이 돌에 맞아 몸에서 돌이 자라났고, 몸이 돌처럼 단단해지자 매일같이 마음에 걸려 넘어졌다. *지긋지긋해!* 엄마의 말을 아무 때곤 받아먹고 나는 살이 쪘다.

지겹도록 힘들어서 엄마는 평생 저체중이 되려고 노력했지만.

명절이 되자 할머니는 0.1톤의 아빠가 살을 딱 10킬로만 뺐으면 좋겠다고, 엄마에게 불가능한 임무를 청탁했다. 할머니는 아빠의 살이 딱 6킬로까지만 빠졌을 때 안쓰러워 펑펑 울던 과거가 있었지만, 말 속에 부끄러움 대신 돌덩이 같은 의지를 채워 넣었다. 꾸덕꾸덕 말라 가던 엄마는 아빠에 대한 돌팔매질로 답을 대신했다.

아빠만 뺀다면 엄마는 그런대로 괜찮았다.

> 시간이 지나도 엄마의 삶에서 빠질 수 없었던 아빠. 엄마는 돌덩이처럼 무거워진 남편을 끊임없이 거절했다. 나는 *지긋지긋하게 힘들어!* 아무리 애를 써도 빠지려고만 하는 엄마를 이해할 수 없던 아빠. *처맞아야 정신을 차리지! 그렇게 힘들면 식물인간이 되어 평생 누워만 있든가!* 아내의 몸에 돌을 쌓아 영원한 안녕을 빌었다. 입에 돌덩이를 가득 채워 넣고 반격을 준비하던 엄마는 하염없이 침몰했다. *왜?* 표적을 잃은 아빠의 돌은 아빠의 근심이 되었다. 엄마에게 아빠는 근심 자체였다.

어느 날 나는 그들의 싸움에 걸려 먹던 것을 모두 토했다. 그들이 빠져나간 자리에서 탈수에 시달리던 나는, 먹고 싶어 촉촉해진 눈가를 손등으로 닦았다. 제발! 토하고 싶은 게 있으면 토하면 되잖아요. 어떻게 해도 우리는 모두 과체중인데. 우리는 서로에게 서로의 무게를 기댄 채 잠이 들었다.

겨울

존재하지 않는 나쁜 사람이 되어 보고 싶었어요

남의 불행을 상상하다 이뤄지지 않으면 결국 이뤄질 거
라 믿으며
사람이 괴물을 만든다고

집이 있고 그 집에 사는 사람은 얼마나 외로울까
병들고 구부러진 나를 돌아보며

사람의 엄마라는 게 이렇게나 길게 이어질 일인가

누구의 안부도 묻지 않았다
나는 기억하는 인사말이 없어요
나는 나이기를 원했지만 누구도 흔적조차 찾을 수 없
는 그런 나이기를

겨울을 생각했다. 괴물이 사는 집에서. 우리는 같은 일
들을 반복했다. 무언가의 이를 뽑아내 만든 먹피로 서로
의 얼굴을 그리고. 건드릴 수 없이 소중한 우리가 다칠까

봐 겁이 나, 있는 힘껏 소리 지르고 사과하고. 나의 삶이, 나를 이렇게나 외롭게도 할 수 있구나. 딴생각을 했지. 나는 나를 지나가는 사람. 쉽게 미워하고 용서하게 되었어요. 괜찮다는 말을 하지도 못하고 고여 있는 어제의 시력에 손을 담아 이불을 빨고 나자, 손이 사라질 것 같았다. 우리만 있는 놀이터도 있고요. 모든 말의 뜻을 아는 사람은 얼마나 외로울까요. 거의 알아챌 수 없는 당신의 문장을 보며 압도당한 표정으로 그 말들의 결을 걸었어요. 너무 외로워서 괴로운 당신의 살갗을 밤사이 내린 눈결을 매만지듯. 좋은 사람이 되고 싶었어요. 들킬까 말 못 하던 마음이 마침내 사라질 때까지. 우리의 결 사이에 매듭을 묶어 다른 생각을 했지. 내 사랑에 대해. 용서할 수 없는 증오에 답하며

　　폭설에 갇힌 기분이었다
　　왜 폭설이 눈을 감았는지 모를 일이었다

복수

죽은 당신에게 자꾸만 잘 살고 있느냐고

텅 빈 운동장에 서서
햇살이 꺾여 들어가고 있는 텅 빈 스탠드를
자꾸만 물어뜯었다

언제나 모자라거나 넘치는 시간

벽에 있는 달

상처가 많아 부딪치는 것만으로도 숨이 찬

아이들을 비웠다

그곳에서는 사람들을 번호로 부른다지
너는 3번
유치원에서 아이가 받아 온 블록에 적혀 있던 번호
너는 차곡차곡 쌓인 상자 속에 살아 있음을 맞추었고

나는 죽음을 생각하면, 속이 후련하진 않아도
한껏 가벼워질 것 같아서

나로써 완성된 나는 그렇게 끔찍했다

어느 날의 아이는 내게 남긴 표식을 알려 주었다
죽어서도 나를 알아보려고 자신이 남겨 둔

나는 엄마가 화내면 싫은데 살짝 웃으면 좋아
어떻게 알았을까. 내가 좋을 때 웃지 않고 사랑할 때 살
짝 웃는다는 것을

다른 날에 아이는 나를 찾아오지도 않았다
조만간 잃어버릴 운동장에서 노느라 그날은 아름다웠다

엄마 어디 갔었어? 왜 그렇게 차려입었어?
아이는 다른 사람처럼 차려입은 내게 다른 사람처럼 말
했고
조만간 발설할 비밀을 만들었다

낙엽의 모양으로 불타올랐다

어제의 엄마가 제일 좋아. 소중해

우리는 낙엽처럼 이불 위에 누웠다. 서로의 몸에 몸을
포개고

엄마가 나랑 단둘이 버스 타니까 좋대. 한 아이가 폭로
하자
　다른 아이는 쥐고 있던 장난감을 던지고 달아났다. 다
시금 돌아올 미움처럼

　딱지를 접어 달라는 아이에게 아이는 배를 접어 주었고
　세모를 접는 아이와 세모를 접는
　분홍색 치마를 입고 춤을 추고 노래하는 아이
　나 오늘은 박수호랑 사귀었다

　다음이 없었다
　언제나 모자라거나 많은 시간

> 아이는 오늘 동생의 얼굴에 돌멩이를 던졌다
아무것도 미안해하지 않았다

죽은 당신에게 모두 말하고 싶었다

목욕

깨끗이 망가진 몸으로
벌거벗은 아이의 흠결 있는 몸을 본다

의심 없이 무해한

사는 건 지난하고 독한 일이야

수건으로 젖은 몸을 닦이고
우리가 함께한 시간이 끝났어
내게 더 이상 사랑을 말하지 않아도 된단다
그런 슬픈 맹세는
연한 몸을 보는 일이 슬퍼서
아이가 자라 빨리 나를 벗어나기를 바랐다

너는 나 없이도 살 수 있어

엄마는 초식이야 육식이야?
엄마는 초식
나는 육식이니까 그럼 내가 엄마 잡아먹어도 되겠다

> 아이는 너무 화가 나 장난감으로 찍은 자신의 정강이
를, 내가 보아 주기를 바랐다
　장난감을 던지지 못하고 네 몸을 찍었구나
　응, 엄마가 사라졌으면 좋겠어

　아이는 자신이 말하기 전에 내가 먼저 자신의 표정을
물어 주기를 바랐다
　엄마 사랑해
　아이들의 앞다툰 고백이 슬퍼서
　엄마는 누굴 제일 사랑해?
　우릴 낳기 전에는 누굴 사랑했어?
　반복되는 아이들의 질문에 나는 거듭 아이들의 이름을
불렀다

　누구도 위협하지 않고 받을 수 있는 사랑이라면

　아이들이 사라졌다

　아무런 위협도 받지 않고 줄 수 있는 거짓이 있다면

내가 깨끗이 지워졌다

포기하기, 잘 숨기, 그리고 그날을 되찾을 것

김상혁(시인)

지난 시집 『신부 수첩』(문예중앙, 2016)의 갈등 구도는 명징했다. 여성인 '나'는 결혼이라는 제도에 묶여 재생산을 담당하고 가족을 돌본다. 그 반대편에서 남편은 사회적 재화를 생산하는 역할을 맡는다. 기왕의 가부장적 체제는 여성-가정-재생산의 항을 주변으로, 남성-사회-생산을 중심으로 간주하면서 기혼 여성에 대한 기혼 남성의 정서적·신체적 착취를 어느 정도 눈감아 왔다고 할 수 있다. 돈 버는 남성과 집안일하는 여성 사이에 존재하는 저 용인된 위계 탓에 '나'의 욕망은 억압된다. 전작의 '장마' 연작이 보여 주는 풍경을 잠시 살펴보자.

외로워, 외로워서 죽겠어. 너는 울고 나를 때리겠다고 말

하지. 다시는 보지 않을 사람처럼 내게 욕을 퍼붓고, 이해할
수 없는 방식으로 너를 감싸며 나를 사랑한다 말하지. 너는
울고. 다른 남자들처럼 욕을 하거나 함부로 아내를 때리지는
않겠다고 맹세하지.

—「장마 — 통화」 부분

좋아하는 마음을 한 가닥도 숨기지 못해 내 눈을 피하던
너는, 이제 내게 구석구석 벗은 몸을 찍어 수치심과 함께 보
내달라 말하지. 너는 그곳에서 뭇 사내들이, 낯익고도 낯선
여자들의 몸을 더듬어 파괴하는 것을 지켜본다고.

—「장마 — 휴일」 부분

해외 근무 중인 남편은 아내인 '나'에게 전화를 걸어 외
로움을 호소한다. 문제는 '울고 욕하고 화내는' 그의 말하
기 방식이다. 남편은 자신이 얼마든지 폭력적일 수 있다는
암시를 주고 아직 행사되지 않은 폭력성을 협상의 지렛대
로 삼는다. 가령 "다른 남자들처럼 욕을 하거나 함부로 아
내를 때리지는 않겠다"는 맹세를 통해 아내에게 나체 사진
을 받아내는 식이다.

아이러니하게도 '나'와 남편 사이의 갈등과 경계가 이
처럼 명확했기에 『신부 수첩』의 테마는 여전히 사랑일 수
있었다. 결혼 제도하에서 남성-가해자 대 여성-피해자의
구도는 개인 간 불화의 결과보다는 가부장제의 산물로 인

식될 여지가 있다. 그래서 부부 되기 전 두 사람이 공유했던 사랑의 긍정적인 양태가 존재하는데 그것이 결혼이라는 제도를 거치며 변질되었다는 서사가 가능하다. 지난 시집의 해설을 맡은 김행숙이 이야기한바 "그 무엇이 우리의 사랑을 죽였는지 끈질기게 탐문"되는 까닭도 이와 무관하지 않다.

이제 조혜은이 폐기한 것은 사랑의 신화다. 그는 이전 작품집을 「가정」이라는 제목의 시로 닫으며 이렇게 적었다. "너의 사랑은 기형적이었고 일그러진 형태로 바닥에 짓뭉개져 있었다"고. 뒤따르는 "너는 어디에서 왔을까? 너는 누구일까?"라는 질문은 뒤틀린 사랑을 집요히 들여다본 내력을 반영한다. 반면 세 번째 시집은 끈질기게 이어 온 애증의 시선이라 할 만한 것을 상당 부분 도려낸 상태로 서술되고 있다. 쓰는 자든 읽는 사람이든 사랑 없는 가정을 상상하는 일이 고통스러운 이유는 가정이 사랑으로 유지되어야 한다는 생각을 공유하기 때문이다. 우리에게 사랑이 포기될 수 없는 무엇인 한에서 우리는 사랑 때문에 울고 웃는다. 하지만 이미 사랑이 포기되었다면 어떨까.

목을 양손으로 감아 나를 넘어뜨리며 아이가 말한다.

엄마를 사랑해서.

설거지하고 있는 내 등 뒤에서 멋대로 바지를 내려 손가락을 하나씩 쑤셔 넣던 남편이 말한다.

엉덩이가 예뻐서.

열병처럼. 나를 뜯어먹으며 번지는 달뜬 추문. 눈은 저주
처럼 바지를 적셨다.

마음을 잡아먹은 사람처럼

웃었다.

— 「눈 내리는 체육관 ─ 엄마의 일기」 부분

정상가족 이데올로기가 여성에게 얼마나 혹독한 희생
을 요구하는지 살피는 과정에서 가장 먼저, 그리고 손쉽
게 우리가 표적 삼는 대상은 남편이지 자녀가 아니다. 출
산과 육아만큼 기혼 여성의 욕망을 결정적으로 왜곡하는
다른 요인이 존재하지 않음에도 흔히 우리는 남편이 가정
에 충실하다면, 아내를 향한 남편의 애정과 존중이 충분
하다면 여성 개인의 고통도 따라서 해소되리라 기대한다.
어린 자녀란 악의 없이 순수하며 전적으로 사랑받아 마땅
하다. 그러므로 남편을 향한 분노를 전시할 때와는 다르
게 아이에 대한 공격성을 드러낸 여성은 윤리적 추문마저
감수해야 한다. 「눈 내리는 체육관 ─ 엄마의 일기」를 포
함한 여러 작품이 보여 주는 장면은 그래서 불편하고 불
쾌하다. 예컨대 뒤에서 목을 감아 '나'를 넘어뜨린 아이의
격한 포옹과, 설거지하는 '나'의 바지를 내려 손가락을 삽
입하는 남편의 성폭력이 병치 형식을 통하여 비슷한 수위
의 폭력성을 환기하는 식이다. "아무도 불행을 낳지 않으

려는 곳에서/ 넘쳐나는 것은 이미 태어난 아이들뿐이었다"(「노 키즈 존」)는 구절이 말하듯 아이는 누구도 떠안으려 하지 않는 불행이자 짐이다.

*

이상의 시적 상황을 현실의 독자는 어찌 받아들여야 할까. 잠시 개인적인 이야기를 해 보려 한다. 기혼 여성, 특히나 친모에 의한 자녀 학대·살해 사건을 미디어로 접한 일반의 반응은 '어떻게 엄마가?'를 크게 벗어나지 않는다. 군색한 집안 형편, 남편의 무관심과 폭력, 가해 여성의 우울증 등 보다 구체적인 사정이 밝혀지더라도 '어떻게 엄마가?'라는 설의가 담은 놀라움과 실망을 희석하지는 못할 것이다. 어떤 논리로도 저 패륜적 범죄를 두둔할 수는 없겠지만 내가 육아 스트레스에 극도로 시달리던 시기 비슷한 사건을 라디오로 들으며 먼저 느낀 감정은 '어떻게 엄마가?'와 같은 혐오감이 아닌 '나 역시 그럴 수 있다'는 아찔함이었다. 사건 속 여성에 비해 덜 가난했기에, 돌볼 애가 하나였고 그 하나가 마침 건강했기에, 그리고 무엇보다도 내가 아이를 직접 출산하고 몸이 꺼진 엄마가 아니라 아빠였기에 저 뉴스에 나는 나오지 않을 수 있었다.

조혜은이 그리는 '나'는 아이 양육을 전담하는 여성이다. 남편은 도움을 주기는커녕 '나'를 육체적으로나 감정적으로 착취할 뿐이며, 아이들 역시 엄마 사정을 헤아릴 만한 나이가 아니다. 그렇다고 주변에 '나'를 도울 만한 다른 가족과 친구가 있는 것도 아니다. 시에 수시로 등장하는 '언니' 혹은 다른 여성 들조차 상황과 사고방식의 차이로 '나'와 멀어진 상태다. 남성 중심 사회의 여성이란 처녀와 창녀, 어머니라는 교환가치로 환산되어 소비될 뿐이라는 뤼스 이리가레의 논의를 떠올려보자. 조혜은 시에 등장하는 결혼한 '나'는 처녀로나 창녀로 더는 규정되지 못한다. 그리고 그러한 '나'가 자녀를 순전한 장애물로 간주하거나 자기 아이에게 공격성을 드러내는 순간 '나'는 어머니조차 아닌 무엇이 된다. 문제는 이처럼 남성적 상징체계 안에 '나'의 자리가 존재하지 않는다는 것뿐 아니라 여성에 대한 물신화를 비판하는 여성 연대의 장에도 '나'가 편입되기 어렵다는 점이다. 시인이 보기에 이는 비단 '나'만의 문제가 아니다.

아이고, 형님. 염을 하는 자리에서 엄마가 많이 울지 않는다고 역정을 내던 쪼그라진 얼굴이 누군가 꽉 쥐었다 펼쳐놓은 슬픔 같아서. 딸이 많이 울어야 좋은 곳에 가는데. 그야말로 애간장이란 것이 끊어지는 소리를 내며 통곡하던 울음이 진심인 것 같아서. 그 우는 얼굴이, 죽은 자와 산자의 관계가, 인간을 저렇게도 묶어내는 결혼이라는 제도가 소름끼쳐서. 세월이 맺은 고통과 슬픔의 연대가 서늘했다.

——「작은어머니」부분

나를 버린 줄 알았던 엄마가,

나를 키워 준 할머니에게 쫓겨난 거였대.

난 할머니가 좋은 사람인 줄 알았는데.

언니는 말에 색을 입혔다.

마침내 스스로 사랑받았다는 오해를 풀고

자신을 저버린 언니는, 붉은 입술을 칠하고 사랑했던 할

머니의 장례식에 갔다.

언니, 슬픔을 누르면 위로가 오나.

(중략)

할머니가 죽고, 언니의 아빠가 언니의 엄마에게 돌아가고

언니의 새엄마가 돌아오지 않는 남편을 기다리며 언니를 욕

하고 그런 모두가 돌아가며 언니에게 도움을 간청하고, 다시

언니의 외할머니가 죽음으로 돌아가던 날.

어떠한 예외도 없이 함몰된 희망.

언니는 어떻게 해도, 너밖에 모르는 나쁜 년!

──「장례 ── 벌레」 부분

인용된 첫 시는 외할머니의 장례식장 풍경이다. 여기서

'나'의 시선은 "염을 하는 자리에서 엄마가 많이 울지 않

는다고 역정을 내던" 엄마의 작은어머니에게 던져진다. 시

전체를 읽으면 드러나는바 작은어머니가 스스로 밝힌 기구한 사연도 그렇고, 형님(동서)의 죽음을 대하는 태도를 보더라도 그는 딱히 악한 사람이 아니다. 그저 어디 앉으면 누구 흉이라도 봐야 기분이 풀리고, 자기 지난한 일상을 일희일비로 견디며 사는 평범한 우리들일 뿐이다. '나'가 섬뜩함을 느끼는 이유 역시 작은어머니가 못돼먹어서 혹은 그의 슬픔이 가짜여서가 아니다. 특별할 것 없는 감수성을 지닌 저이로부터 "그야말로 애간장이란 것이 끊어지는 소리를 내며 통곡하던 울음"을 끌어내고야 마는 힘이 오히려 섬뜩한 것이다. 그 힘이란 물론, 전혀 상관없이 살아가던 두 여자를 "저렇게도 묶어내는 결혼이라는 제도"다. '나'에게 그러한 연대는 서늘하게만 보인다.

그렇다면 혈연은 다를까. 「장례 ── 벌레」에서 '언니'를 돕는 가족은 없다. 언니의 엄마는 일찍이 집에서 쫓겨났고, 언니가 사랑했던 할머니는 그 엄마를 몰아낸 장본인이며, 아버지에게 버림받은 후 새엄마는 언니를 정서적으로 학대한다. "마침내 스스로 사랑받았다는 오해를 풀고" 고립되어 버린 언니의 상황은 "어떠한 예외도 없이 함몰된 희망"이라는 구절로 요약된다. 두 편의 시를 꼽아 인용하였으나 연대에 대한 회의와 절망은 시집 전반에 걸쳐 드러나고 있다. 조혜은의 목소리를 페미니스트의 것으로 간단히 규정하기 어려운 이유는 연대를 대하는 시인의 그러한 태도 때문이다.

일반적으로 페미니즘 시의 지향은 정체성 정치가 지닌 전략과 유사한 방식으로 정치적이다. 정체성 정치는 인종, 성별, 성적 지향을 준거 삼아 집단을 규합하고 정치적 행위를 전개해 나가므로 사회적으로 차별받는 자들을 쉽게 자기 내부로 끌어들일 수 있다. 다만 조직화 과정에서 정체성 자체를 지나치게 강조하다 보면 일종의 순혈주의나 원리주의와 같은 성격을 띠기도 한다. 가령 '진짜 여성'이라는 관념을 좇는 집단이 어떤 여성을 일컬어 진짜 우리 편이 아니라며 따돌리거나 배제하는 식이다. 조혜은의 '나'는 가부장제의 위력이 현저하게 전시되는 가정이라는 공동체에 속한 기혼 여성이다. 그런데 이처럼 결혼 제도를 통해 정상가족 이데올로기로 편입된 여성이기에, '나'는 남성 중심 사회가 만들어 낸 가장 실질적인 피해자이면서도 때로는 부역자라는 부당한 낙인까지 감수해야 한다. 이성애자로서 한 남성과 만나 결혼이라는 관습적·법적 의례를 통과한 '나'는 페미니즘이 피해자로 상정하는 '진짜 여성'이지만, 페미니즘의 주체로서 연대 내부로 진입하려는 순간 '진짜 여성'인지를 의심받아야 하는 불합리한 상황에 놓인다.

자신을 향한 강압과 폭력이 극단으로 치닫더라도 '나'는 타인에게 위로를 구하지도, 기대하지도 않는다. 상처받고 고통당할 때면 그저 '체육관'으로 상징되는 "아무 말도 하고 싶지 않은 세계"로 숨어들어가 "유리에 갇힌 것처럼 지나가는 사람들만 하염없이 바라"(「눈 내리는 체육관 — 독감」)볼 뿐이다. 조혜은의 시는 동일한 정체성을 지닌 여성 집단을 상정하고 그들을 향해 우리가 우리를 도와야 한다고 말하지 않는다. 특히 「장례 — 눈」은 연대에 대한 부정적인 전망이 기혼 여성을 대상으로 삼더라도 달라지지 않는다는 것을 보여 준다. "아이의 눈앞에서 아이의 엄마를 짓밟고 뺨을 때리고 욕을 했다"는 언니도 아이 키우는 엄마고, 그 이야기를 전해 듣고는 언니를 견디지 못해 결국 그와 멀어지는 '나' 역시 엄마다. 이야기 속 세 여성은 엄마라는 정체성을 공유하지만 되레 그 정체성이야말로 그들의 관계를 영 틀어지게 만든 원인이 된다. 즉 '엄마'로서도 "우리는 다른 세계를 사는 것처럼 무작정, 그렇게 흩어졌다."

『눈 내리는 체육관』의 개성은 사랑 이데올로기 중심의 가족 서사에 속해 있는 기혼 여성이 사랑의 신화를 전면적으로 거부함으로써 발휘된다. '나'는 결혼 제도에 속한 적 없는 여성도, 그 제도에서 탈주해 버린 여성도 아니다. '나'는 가정이라는 형식에 귀속된 아내이자 엄마로서 아내와 엄마의 정체성을 거부한다. 남편에게 사랑을 구하지 않는 아내, 어머니다움을 취하지 않는 엄마인 것이다. 남성 상징체계의 입장에서 '나'는 사랑의 신화를 위협하는 이물이자 오물이다. 더욱이 그러한 '나'는 이데올로기로부터 아예 떨어져나가지 않고, 비유하자면 깨끗해야 할 남성의 몸

어딘가에 더럽게 붙어 있다. 사랑의 신화에 속한 채로 사랑을 거부하는 '나'의 전략은 이런 것이다. 끝내 가정에 머무르면서 가정이 마땅히 전시해야 할 부부의 애정, 부모의 자애라는 말끔한 정체성을 훼손하기.

*

이쯤에서 재차 강조하는바, 정도의 차이가 있을지언정 시집의 인물들이 하나같이 이데올로기적인 방식으로 폭력적이라는 사실이다. 어쩌면 조혜은의 '나'가 증오와 의심의 눈길을 던지는 대상은 남성만이 아니라 인간이라는 존재 자체인지도 모른다. 『신부 수첩』의 가해자가 주로 남편 혹은 남성이었다면, 이번에는 결혼이라는 제도 주변에 붙은 이들 모두가 가해자인 동시에 피해자로서 서로를 상처 입힌다. 여성들이 연대해 전세 역전을 노리거나 그게 아니라면 최소한 서로를 위로하며 고통을 함께 견뎌 낸다는 서사를, 조혜은의 세계관은 수용하지 않는다. 그의 세계에서 폭력성은 사람을 가리지 않고 퍼져나갈 뿐이다.

이번 시집의 결정적인 성취는, 가부장제의 폭력에 노출된 여성이 폭력에 감염된다는 점, 그리하여 그 또한 타인에게 거듭 폭력을 저지르며 자기도 모르게 폭력성을 전파하게 되는 상황을 가감 없이 보여 준다는 점이다. '나'가 '체육관'이라는 상징적인 공간에 자신을 수시로 고립시

키는 까닭도 폭력이란 결국 전염되고야만다는 공포심 때문이다. '나'가 폭력에 오염되고 오염된 '나'를 매개로 자신의 아이와 주변이 오염된다. 이처럼 폭력은 전염되는 것이기에 누구라도 폭력을 행사하는 주체가 될 수 있다. 첫 시집이 불쑥 꺼내놓았던 "그러나 내가 가장 오래 익숙한 것은 누군가의 비극에 전염되는 일"(「밀폐용기 속의 아이들」)이라는 인상적인 구절과, 지난 시집의 "그곳에서는 비처럼 흐르는 땀이 매순간 너를 오염시킨다지."(「장마 — 통화」)와 같은 징후적인 문장과 함께, 세 번째 시집 여기저기서 폭력과 전염의 양상을 확인해 보자.

> 예쁘게 늙어 가야지. 미운 마음을 접어 말리고
> 더러워진 손으로 악수하지 말아야지
>
> —「레드 — 손」 부분

> 전염병이 창궐한 세계의 어딘가에서
> 그곳도 역시 내 곳일 수 없는
> 누군가의 공간에서
>
> —「면제」 부분

> 괴물 같아질 똑같은 얼굴로, 태어난 아이와 태어날 아이 모두를 폭력 속으로 밀어 넣었지.
>
> —「신혼 일기」 부분

더러운 병을 옮기는 서러운 생명의 치워져야 할 죽음을 기다리며. 우리는 모두 쥐새끼가 되어야 할 운명인가 봐.

—「장례 — 벌레」 부분

나에겐 작고 힘없고 무해해 보이는 아이들
이 아이들은 나를 왜 분노에 전염되게 만드는 걸까.

—「유권자 — 장난감 놀이」 부분

아이가 짓밟힌 가루를 모아 내게 주었다. 엄마, 선물이야. 사람들이 밟고 지나간 바닥에서. 보드라운 허리를 굽혀 향기 나는 손으로. 엄마, 소금이야. 나는 그 길의 끝에서 맨발로 울며 달리는 여자를 본 적이 있다. 소금을 닮은 하얀 가루가, 누군가의 절여진 삶이 아이의 손으로 옮겨질까 봐 내 손으로 아이의 손을 감싸 쥐었다. 나는 눈물이 사람을 바꿔 찾아가는 게 두려웠다. 그건 소금이 아니야. 누군가의 쥐어터진 삶이야.

—「소금」 부분

돌봄은 피고름을 사이에 두고 전염된다. (중략) 고약함을 틈타 간지럼증이 온몸으로 번진다. 이제는 웃고 싶지 않은데도 웃어야 하는 걸까. 원하지 않는 감정들이 날선 각도로 기울어져 고열을 냈다.

—「응급실」 부분

손을 매개로 전염병이 퍼지는 일은 흔하디흔하다. 「레드 ― 손」의 '나'가 더러워진 손을 씻는 대신 악수라는 행위 자체를 금기시한다는 점에 주목하자. 어쩌면 더러운 손을 깨끗이 씻기란 애초 불가능할지도 모른다. 「면제」가 지시하는 전염병이 창궐한 세계 속 "역시 내 곳일 수 없는 누군가의 공간"이란 바로 가정이며, 그 가정은 「신혼 일기」의 말대로 "괴물 같아질 똑같은 얼굴로, 태어난 아이와 태어날 아이 모두를 폭력 속으로 밀어 넣"는 출산과 육아를 통해 재생산되고 있다. 이렇듯 인류는 감염된 채로 성교하고 출생함으로써 모두 서로에게 병을 옮기는 "쥐새끼가 되어야 할 운명"이라는 것이 「장례 ― 벌레」가 내린 진단이다. 이와 같은 전염병은 남녀노소를 가리지 않기에 「유권자 ― 장난감 놀이」의 "작고 힘없고 무해해 보이는 아이들"이라도 감염원이 되어 분노라는 폭력성을 전파하기도 한다. 하지만 엄마인 '나'의 입장에서는 모래 놀이하는 아이를 바라보며 그 모래를 방금 밟고 지나간 어느 누구의 "절여진 삶이 아이의 손으로 옮겨질까 봐" 노심초사다. '나'가 보기에 "누군가의 쥐어터진 삶"이란 그만큼 전염성이 강하다. 「응급실」은 이상의 전염이 결과적으로 개인에게 어떤 증상을 초래하는지 묘사한다. 감염된 우리는 "원하지 않는 감정들이 날선 각도로 기울어져 고열"에 시달린다. 저 날선 감정에 서로가 상처 입는 상황도 따라서 쉽게 유추할 수 있다.

속수무책 전염될 가능성으로 인하여 폭력은 극도의 혐오감을 불러일으킨다. "혐오 속에 담긴 핵심적인 관념은 전염에 대한 사고"라는 사실은 자명하다. 그리하여 사람들은 "이것들과 일상적으로 접촉하는 사람들은 오염되어 있다고"(마사 너스바움, 『혐오와 수치심』) 여긴다. 폭력적인 상황과 함께 시에 어김없이 나타나는 똥, 고름, 낭자한 피와 피딱지, 썩은 물과 고약한 냄새, 여러 가지 방식의 죽음, 땀과 토사물 등은 바로 저 혐오의 정서를 대변하는 것들이다. 그리고 폭력에 내재된 더러움과 전염성에 대한 혐오감 — 혹은 혐오라는 감정을 경유했기에 발견된 폭력의 더러움과 전염성 — 을 이해하는 순간 '나'가 존재하는 '체육관'이라는 공간이 어째서 진공 상태인지가 밝혀진다. "유치원이 사라진 자리에는 지하로 내려앉은 체육관뿐이었다."(「눈 내리는 체육관 — 사라진 유치원」)는 진술이 암시하는바 체육관은 아이가 사라진 곳이며 그래서 아이를 돌볼 이유도 없는 곳이다. 다시 말하지만 그곳은 "아무 말도 하고 싶지 않은 세계"(「눈 내리는 체육관 — 독감」)이며, "비어 버린 집"이자 "책들이 녹아버린 집"(「눈 내리는 체육관 — 책장」)으로서 '나'라는 단 한 권의 책이 꽂혀 있는 책장의 은유이기도 하다. '나'가 저 비좁은 책장을 채우고 있는 한 권의 책이라면. 영원토록 '나'는 침묵해도 좋을 것이다. 일생이 글자로 이미 박제되었으므로 누군가는 '나'더러 재미없는 삶을 산다 할 테지만, 한때 사랑했던 이와 "더 이상 어떤 방식으로도 아름다울 수 없을 때"에도 "우리는 어떻게 존재해야 하는 걸까. 존재는 어떻게 우리여 야 하는 걸까."처럼 뼈아픈 자문을 하지 않아도 될 일이다. 가정 아닌 체육관 같은 곳에서라면 잠시나마 "착한 남편 처럼 내리는 세상에 없는 눈"(「눈 내리는 체육관 ── 엄마의 일기」)도 바라볼 수 있을 것이다. 전염병이 창궐한 세계를 살아가려면 누구라도 그러한 체육관은 필요하다.

*

폭력과 전염에 관한 시인의 직관에 나는 전적으로 동의 한다. 남성 상징체계가 용인하는 사랑의 모든 형식이 얼마 나 헛된지, 그토록 헛된 사랑과 가정을 유지하기 위하여 이 체제 속 모두가 얼마나 어마어마한 자본을 소모하는 중인지도 절실히 깨닫고 있다. 게다가 시간이 지날수록 폭 력이 전염되는 양상은 극단으로 치닫는 듯 보인다. 누구 나 가해자일 수 있다는 사실이 가장 끔찍한 사례를 통하 여 매일 수도 없이 증명된다. 이처럼 아무리 시인이 폭력 이라는 전염병이 대유행하는 세상에서 사랑 따위 찾을 수 없다고 말을 해도 거기서 굳이 애증의 흔적이라도 찾아내 겠다며 포기를 못하는 건 우선은 내가 감상적인 독자여 서다. 그렇지만 시인의 오롯한 감정을 시집 4부 말미에 집 중적으로 배치해 둔 이에게도 조금은 책임을 물어야 하지 않을까. 예를 들어 「공원」「체온 ─ 손」「눈 감기」「책상 정리」「과체중」「겨울」「복수」「목욕」 등과 같은 작품들. 물론 "고름이 들어찬 목숨을 나누어 가지는 것 같았다. (……) 우리는 사랑을 나누는 것 같았다."(「6인실」) 혹은 "어느 날 나는 그들의 싸움에 걸려 먹던 것을 모두 토했다. (……) 우리는 서로에게 서로의 무게를 기댄 채 잠이 들었다." 같은 곳은 여전히 사랑을 고름에 비유하고 있거나 가족애를 과체중 가족들의 구토와 '무게를 기댄 잠'으로 그리기는 한다. 그럼에도 "집이 있고 그 집에 사는 사람은 얼마나 외로울까/ 병들고 구부러진 나를 돌아보며// 사람의 엄마라는 게 이렇게나 길게 이어질 일인가"(「겨울」)라는 탄식이 사랑의 표현은 아니더라도 세상의 '엄마'들 혹은 '나'들 대한 이해와 동정을 담고 있다는 것도 분명하다.

읽는 내내 마음이 쓰였던 구절 하나를 옮기며 글을 마치려 한다. 「복수」라는 시의 일부다.

나는 엄마가 화내면 싫은데 살짝 웃으면 좋아

어떻게 알았을까. 내가 좋을 때 웃지 않고 사랑할 때 살짝 웃는다는 것을

인상적인 구절이지만 시의 전반적인 정서도 결말도 사뭇 비극적이다. 다만 곧이어 이런 구절이 덧붙는다. "조만간 잃어버릴 운동장에서 노느라 그날은 아름다웠다"고.

조만간 잃어버릴 것이어서 그날이 아름다웠다는 의미라면 시인은 앞으로도 상실의 형식으로만 사랑을 사유할 것이다. 하지만 위 문장은 조만간 잃어버릴 운동장이었으나 거기서 놀았던 그날만큼은 아름다웠다는 뜻일는지도 모른다. 조혜은은 이번 시집을 통해 "나를 데리러 가는 중"이라고 했다. 그가 데려오는 것이 체육관 속 '나'가 아니라, 사랑하는 아이와 운동장에서 놀던 그날의 '나'라면 좋겠는데. 그날 "사랑할 때 살짝 웃는다는 것을" 알아본 아이와 손잡은 '엄마'가 다시 걸어와도 좋을 텐데. 시의 치열함과는 동떨어진 이런 도움 안 되는 생각을 해 보는 건 우선은 내가 감상적인 독자여서가 맞다. 그렇지만 조혜은 시인의 사유에 고개를 끄덕이면서도 조혜은의 '나'가 살짝 웃기를 바라는 독자가 나만은 아닐 것이다.

엄마와 엄마들

김지녀(시인)

　조혜은의 시들은 '엄마'라는 '아이'가 겪는 참담과 참혹, 그 진창을 건너고자 하는 절실함으로 들끓는다. '과거'의 엄마가 낳은 아이가 '지금'의 엄마가 되고 지금의 엄마가 낳은 아이가 '미래'의 엄마가 되는. 이 대물림 속에서 아슬 아슬하게 연결된 집단인 가족(우리)에 대해. 할머니, 엄마, 언니와 아이, 그리고 남편에 둘러싸여 폭발하는 폭력과 혐오, 치욕과 분노, 환멸과 저주, 슬픔과 고통, 죄책감과 용 서에 대해. 그 감정들이 휘몰아치는 순간 요청되는 '혼자' 에 대해. 잃어버린 '이름'과 '마음'에 대해. 그녀는 말한다. "나에게도 내가 절실해."

　그럼에도 그녀는 '엄마'를 '선택'한다. 이 '선택'은 책임이 라기보다 '사랑'에 기반한다. '엄마'라는 이름을 무한히 부르는 '아이'에게서 그녀가 '엄마' 그 자체로 아낌없는 '사랑'을 받고 있기 때문에. 작은 눈송이처럼 따뜻한 체온과 입김이 그녀 앞에 출몰하기 때문에. 그래서 조혜은의 시 속 '엄마'는 계속 자라는 중이다. 가장 연약한 존재로 탄생했지만 뼈가 단단해지고 몸집이 커지면서 마음이 단단해지는 엄마'들'로 강해지고 있다. 조혜은의 시들이 아름다운 이유는 바로 여기에 있다. 이것은 조혜은의 시를 믿고 "환멸을 검열해야만 하는" 엄마'들'과 우리가 연대해야 하는 이유이기도 하다. 이 연대 속에서 우리는 다시 이름을 얻고 '나'의 삶 옆에 숭고나 희생 따위로 오염되지 않은 '엄마'란 존재를 개별적으로 세울 수 있을 것이다.

지은이　조혜은

2008년 《현대시》에 「89페이지」 외 2편의 시를 발표하며
등단했다. 시집 『구두코』와 『신부수첩』을 출간했다.

눈 내리는 체육관

1판 1쇄 찍음　2022년 9월 2일
1판 1쇄 펴냄　2022년 9월 16일

지은이　조혜은
발행인　박근섭, 박상준
펴낸곳　(주)민음사

출판등록　1966. 5. 19. (제16-490호)
서울특별시 강남구 도산대로1길 62(신사동)
강남출판문화센터 5층 (06027)
대표전화 02-515-2000 / 팩시밀리 02-515-2007
www.minumsa.com

ISBN 978-89-374-0920-2
　　　978-89-374-0802-1 (세트)